TRANZLATY

Language is for everyone

Kieli kuuluu kaikille

The Call of Cthulhu

Cthulhun kutsu

H.P. Lovecraft

English

Suomi

www.tranzlaty.com

The Horror Made of Clay
Savesta tehty kauhu

There is one thing I find particularly merciful.
Yksi asia on mielestäni erityisen armollinen.
The inability of the human mind to correlate events.
Ihmismielen kyvyttömyys korreloida tapahtumia.
It's a blessing that we can't understand the world.
On onni, ettemme pysty ymmärtämään maailmaa.
We live blissfully on a placid island of ignorance.
Elämme onnellisesti tyynellä tietämättömyyden saarella.
An island in the midst of black seas of infinity.
Saari äärettömyyden mustien merien keskellä.
And it was not meant that we should voyage far.
Eikä ollut tarkoituskaan, että meidän pitäisi matkustaa kauas.
The sciences each strain in their own directions.
Tieteet ponnistelevat kukin omiin suuntiinsa.
But hitherto science's findings have harmed us little.
Mutta tähänastiset tieteen löydökset eivät ole meille juurikaan
haitanneet.
**But some day dissociated knowledge will be pieced
together.**
Mutta jonain päivänä irralliset tiedot kootaan yhteen.
Terrifying vistas of reality will open up to us.
Kauhistuttavat näkymät todellisuudesta avautuvat meille.
And we will be left in a frightful vantage point.
Ja meidät jätetään pelottavaan näköalapaikkaan.
We will either go mad from the revelation we are given.
Me joko tulemme hulluiksi saamastamme ilmestyksestä.
Or we will flee from the deadly light that we will see.
Tai pakenemme sitä tappavaa valoa, jonka tulemme
näkemään.
We will run from the knowledge we had always pursued.
Me pakenemme tietoa, jota olemme aina tavoitelleet.
And we will seek the peace and safety of a new dark age.
Ja me etsimme uuden pimeän aikakauden rauhaa ja
turvallisuutta.

Theosophists have guessed at the scale of the cosmos.
Teosofit ovat arvailleet kosmoksen mittakaavaa.
Our world is but a transient incident in this cycle.
Maailmamme on vain ohimenevä tapahtuma tässä syklissä.
The human race plays but a little role in the universe.
Ihmiskunnalla on maailmankaikkeudessa vain pieni rooli.
The theosophists have hinted at strange methods of survival.
Teosofit ovat vihjanneet oudoista selviytymiskeinoista.
But their suggestions would freeze a rational man's blood.
Mutta heidän ehdotuksensa jäädyttäisivät järjellisen miehen veren.
Only the optimism of their ideas hides the horror.
Vain heidän ajatustensa optimismi peittää alleen kauhun.
But it is not their ideas that chill me the most.
Mutta eivät heidän ajatuksensa ole ne, jotka minua eniten kylmäävät.
It is something else that fills me with terror.
Se on jotain muuta, mikä täyttää minut kauhulla.
The single glimpse of forbidden eons I have seen.
Yksi ainoa vilaus kielletyistä aioista, jonka olen nähnyt.
When I think of what I saw my blood stands still.
Kun ajattelen näkemääni, vereni pysähtyy.
Restlessness plagues my dreams since that glimpse.
Levottomuus vaivaa uniani tuon vilauksen jälkeen.
It came to me like all dreaded glimpses of truth.
Se tuli mieleeni kuin kaikki pelätyt totuuden välähdykset.
An accidental piecing together of separated things.
Erillisten asioiden vahingossa tapahtuva yhteenliittäminen.
An old newspaper item and the notes of a dead professor.
Vanha sanomalehtiartikkeli ja kuolleen professorin muistiinpanot.
In a flash everything was pieced together before me.
Yhtäkkiä kaikki loksahti kohdalleen edessäni.
I hope no one else will accomplish this terrible insight.
Toivottavasti kukaan muu ei tee tätä kamalaa oivallusta.
Certainly, if I live, I shall never help anyone to know it.
Jos elän, en varmasti auta ketään tietämään sitä.

I shall never knowingly supply a link in so hideous a chain.
En koskaan tietoisesti lisää yhtäkään lenkkiä näin hirvittävään
ketjuun.
I think that the professor, too, intended to keep silent.
Luulen, että professorikin aikoi pysyä hiljaa.
He didn't mean to share the secrets that he knew.
Hän ei aikonut jakaa salaisuuksia, jotka hän tiesi.
And I'm sure he would have destroyed his notes.
Ja olen varma, että hän olisi tuhonnut muistiinpanonsa.
If he had not been seized by sudden and suspicious death.
Ellei häntä olisi kohdannut äkillinen ja epäilyttävä kuolema.

***

My knowledge of the thing began in the winter of 1926-27.
Tietoni asiasta alkoi talvella 1926-27.
My great-uncle was the professor George Gammell Angell.
Isosetäni oli professori George Gammell Angell.
He was the Professor Emeritus of Semitic languages.
Hän oli seemiläisten kielten emeritusprofessori.
He lectured in Brown University, Providence, Rhode Island.
Hän luennoi Brownin yliopistossa Providencessa Rhode
Islandilla.
His death, at the age of ninety-two, triggered the event.
Hänen kuolemansa yhdeksänkymmenenkahden vuoden iässä
käynnisti tapahtuman.
He was widely known as an authority on ancient
inscriptions.
Hänet tunnettiin laajalti muinaisten piirtokirjoitusten
asiantuntijana.
Heads of prominent museums came to him for his expertise.
Merkittävien museoiden johtajat tulivat hänen luokseen
asiantuntemuksensa vuoksi.
So his death was noticed by many within academic circles.
Niinpä hänen kuolemansa huomasi monien akateemisten
piireissä.
Interest was intensified by the obscurity of his death.

Kiinnostusta lisäsi hänen kuolemansa hämärän
peittämättömyys.
It occurred as he was disembarking from the Newport boat.
Se tapahtui hänen noustessa maihin Newportin veneestä.
**Witnesses say a dark nautical-looking fellow had jostled
him.**
Silminnäkijöiden mukaan tumma, merimieheltä näyttävä mies
oli töninyt häntä.
After being stricken, he fell suddenly, witnesses say.
Silminnäkijöiden mukaan hän kaatui äkisti iskun jälkeen.
Physicians were unable to find any visible disorder.
Lääkärit eivät löytäneet mitään näkyvää häiriötä.
After some perplexed debate they reached their conclusion.
Hämmentyneen keskustelun jälkeen he päätyivät
johtopäätökseensä.
"It must have been a lesion of the heart," they agreed.
"Sen on täytynyt olla sydänvaurio", he olivat yhtä mieltä.
"After all, he was rather an elderly man," they added.
"Loppujen lopuksi hän oli melko vanha mies", he lisäsivät.
"the brisk ascent of the steep hill caused his end."
"jyrkän mäen reipas nousu aiheutti hänen loppunsa."
At the time I saw no reason to dissent from this dictum.
En tuolloin nähnyt mitään syytä olla eri mieltä tästä
lausunnosta.
But latterly I am inclined to wonder about their conclusion.
Mutta viime aikoina olen taipuvainen miettimään heidän
johtopäätöstään.
And I do more than just wonder if they were right.
Ja minä teen enemmän kuin vain mietin, olivatko he oikeassa.

***

My grand-uncle died alone as a childless widower.
Isosetäni kuoli yksin lapsettomana leskenä.
And so I became heir and executor to his possessions.
Ja niin minusta tuli hänen omaisuutensa perillinen ja
testamentin toimeenpanija.

So I was expected to go over his papers and writings.
Joten minun odotettiin käyvän läpi hänen paperinsa ja
kirjoituksensa.
I moved his entire set of files and boxes to my Boston home.
Siirsin koko hänen kansioidensa ja laatikoidensa kokoelman
Bostonin-kotiini.
Much of the materials I collected will later be published.
Suuri osa keräämästäni materiaalista julkaistaan myöhemmin.
Many academics in his field took great interest in his work.
Monet hänen alan akateemikot olivat erittäin kiinnostuneita
hänen työstään.
The American archeological society relied on him greatly.
Amerikan arkeologinen seura luotti häneen suuresti.
But there was one box which I found exceedingly puzzling.
Mutta yksi laatikko oli mielestäni äärimmäisen hämmentävä.
I felt much averse from showing these files to other eyes.
Minua todella epäröi näyttää näitä tiedostoja muille.
The box had been locked, unlike the other boxes.
Laatikko oli lukittu, toisin kuin muut laatikot.
And initially I found no key that would open this box.
Ja aluksi en löytänyt avainta, jolla olisin avannut tämän
laatikon.
But then the location of the key occurred to me.
Mutta sitten mieleeni tuli avaimen sijainti.
The professor always carried a keyring in his pocket.
Professori kantoi aina avaimenperää taskussaan.
It was indeed one of these keys that opened the box.
Se oli todellakin yksi näistä avaimista, joka avasi lippaan.
But in the box was a still more closely locked barrier.
Mutta laatikossa oli vieläkin tiukemmin lukittu este.
What could be the meaning of the queer bas-relief?
Mitä tuo omituinen bareljeef voisi tarkoittaa?
Various paper cuttings accompanied the bas-relief.
Bareljeefin mukana oli erilaisia paperileikkeitä.
What did the disjointed jottings and ramblings allude to?
Mihin hajanaiset muistiinpanot ja höpinät viittasivat?
Had my uncle become credulous to superficial impostures?

Oliko setäni alkanut uskoa pinnallisiin huijauksiin?
Perhaps in his later years his criticalness thought slowed.
Ehkä myöhempinä vuosina hänen kriittinen ajattelunsa
hidastui.
Someone had disturbed this old man's peace of mind.
Joku oli häirinnyt tämän vanhan miehen mielenrauhaa.
And so I resolved to locate the eccentric sculptor.
Ja niin päätin etsiä tuon omalaatuisen kuvanveistäjän.
The man who set in motion my uncle's strange obsession.
Mies, joka pani liikkeelle setäni oudon pakkomielteen.

***

The bas-relief was roughly shaped like a rectangle.
Bareljeefi oli karkeasti suorakulmion muotoinen.
The rectangular shape was less than an inch thick.
Suorakaiteen muotoinen kappale oli alle tuuman paksuinen.
And the bas-relief was about five by six inches in area.
Ja bareljeefi oli kooltaan noin viisi kertaa kuusi tuumaa.
It was obvious that the bas-relief was of modern origin.
Oli ilmeistä, että bareljeefi oli peräisin modernilta ajalta.
The designs, however, were far from modern in atmosphere.
Suunnittelut olivat kuitenkin tunnelmaltaan kaikkea muuta
kuin moderneja.
The inscriptions suggested a far older civilization.
Kirjoitukset viittasivat paljon vanhempaan sivilisaatioon.
The vagaries of cubism and futurism were many and wild.
Kubismin ja futurismin oikut olivat moninaiset ja villejä.
But normally such patterns fail to produce regularity.
Mutta yleensä tällaiset kuviot eivät tuota säännöllisyyttä.
The cryptic regularity which lurks in prehistoric writing.
Esihistoriallisessa kirjoituksessa lymyilevä kryptinen
säännönmukaisuus.
This regularity was certainly present in the bas-relief.
Tämä säännönmukaisuus oli varmasti läsnä bareljeefissä.
I was certain the inscriptions represented a writing system.

Olin varma, että piirtokirjoitukset edustivat
kirjoitusjärjestelmää.
I had some familiarity with the papers of my uncle.
Tunsin jonkin verran setäni paperit.
And I had looked through all of his collections and works.
Ja olin katsonut läpi kaikki hänen kokoelmansa ja teoksensa.
But I failed to find any writing that was similar.
Mutta en löytänyt mitään vastaavaa kirjoitusta.
I could not geographically place this alphabet in any way.
En pystynyt sijoittamaan tätä aakkostoa maantieteellisesti
millään tavalla.
Nor could I guess from what time this writing came from.
Enkä osannut arvata, mistä ajankohdasta tämä kirjoitus on
peräisin.
Above these apparent hieroglyphics there was a figure.
Näiden näennäisten hieroglyfien yläpuolella oli hahmo.
The figure was evidently only of pictorial intent.
Hahmo oli ilmeisesti vain kuvallinen.
The impressionism of the picture added to the mystery.
Kuvan impressionismi lisäsi mysteeriä.
No clear idea of the creature's nature could be discerned.
Olennon luonteesta ei saatu selkeää käsitystä.
The creature seemed to be a monster, of some sort.
Olento vaikutti jonkinlaiselta hirviöltä.
Or the symbol represented a monster, of some sort.
Tai symboli edusti jonkinlaista hirviötä.
Only a diseased mind could conceive of such a form.
Vain sairas mieli voi kuvitella sellaisen muodon.
My imagination yielded different pictures simultaneously.
Mielikuvitukseni loi erilaisia kuvia samanaikaisesti.
But my imagination may also be somewhat extravagant.
Mutta mielikuvitukseni saattaa olla myös hieman liioiteltu.
An octopus, a dragon, and also a human caricature.
Mustekala, lohikäärme ja myös ihmiskarikatyyri.
I shall try not be unfaithful to the spirit of the thing.
Yritän olla olematta uskoton asian hengelle.
A pulpy, tentacled head surmounted a scaly body.

Pulverinen, lonkeromainen pää roikkui suomuisen vartalon
päällä.
Rudimentary wings protruded from the grotesque shape.
Groteskista muodosta törrötti alkeellisia siiviä.
But the shape of the monster wasn't even the worst part.
Mutta hirviön muoto ei ollut edes pahin osa.
The background of the picture was even more frightening.
Kuvan tausta oli vieläkin pelottavampi.
The scenery had a vague suggestion of another civilization.
Maisemassa oli epämääräinen viittaus toiseen sivilisaatioon.
Cyclopean architecture from a forgotten part of the world.
Kyklooppista arkkitehtuuria unohdetusta maailmankolkasta.

***

Only some notes and press cuttings accompanied the oddity.
Vain joitakin muistiinpanoja ja lehtileikkeitä seurasi
omituisuutta.
The press cuttings seemed to be only vaguely related.
Lehtileiketen yhteys näytti olevan vain epämääräinen.
The hand written notes were all from my uncle.
Käsin kirjoitetut muistiinpanot olivat kaikki enoltani.
But his notes made no pretense to any literary style.
Mutta hänen muistiinpanonsa eivät väittäneet noudattavansa
mitään kirjallista tyyliä.
There was no ordering mechanism to any of the papers.
Yhdessäkään lehdessä ei ollut tilausmekanismia.
**Although there seemed to be a master document to the
notes.**
Vaikka muistiinpanoihin näytti liittyvän päädokumentti.
This document was ascribed to the cult of Cthulhu
Tämä asiakirja liitettiin Cthulhun kulttiin
The word's letters had been painstakingly written out.
Sanan kirjaimet oli kirjoitettu vaivalla.
**There should be no erroneous reading of the unheard of
word.**
Kuulematonta sanaa ei pitäisi lukea väärin .

This Cthulhu manuscript was divided into two sections;
Tämä Cthulhun käsikirjoitus jaettiin kahteen osaan;
The first manuscript was titled the following:
Ensimmäisen käsikirjoituksen nimi oli seuraava:
"1925 - Dream and Dream Work of H. A. Wilcox"
"1925 - HA Wilcoxin unelma ja unelmatyö"
"7 Thomas St., Providence, Road Island"
"7 Thomas St., Providence, Road Island"
And the second manuscript was titled the following:
Ja toisen käsikirjoituksen otsikko oli seuraava:
"Narrative of Inspector John R. Legrasse"
"Komissaari John R. Legrassen kertomus "
"121 Bienville St., New Orleans, 1908 Meetings."
"121 Bienville St., New Orleans, vuoden 1908 kokoukset."
"Notes on Same, & Prof. Webb's account of events"
"Muistiinpanoja Samesta ja professori Webbin
tapahtumakertomuksesta"
The other manuscript papers were all brief notes.
Muut käsikirjoituspaperit olivat kaikki lyhyitä muistiinpanoja.
Some manuscripts described the queer dreams of different
persons.
Joissakin käsikirjoituksissa kuvattiin eri ihmisten omituisia
unia.
Some manuscripts cited from theosophical books and
magazines.
Joitakin teosofisista kirjoista ja lehdistä lainattuja
käsikirjoituksia.
Notably, most of these citations were from W. Scott-Eliott.
Merkillepantavaa on, että suurin osa näistä viittauksista oli W.
Scott-Eliottilta.
Mainly the notes referenced Atlantis and the Lost Lemuria.
Muistiinpanot viittasivat pääasiassa Atlantikseen ja
kadonneeseen Lemuriaan.
The other notes commented on long-surviving secret
societies.
Muissa muistiinpanoissa kommentoitiin pitkään toimineita
salaseuroja.

Hidden cults that may or may not still exist somewhere.
Piilotettuja kultteja, jotka saattavat olla tai eivät ole vielä
olemassa jossain.
Two books seemed to provide most of the information;
Kaksi kirjaa näytti tarjoavan suurimman osan tiedoista;
Miss Murray's Witch-Cult in Western Europe.
Neiti Murrayn noitakultti Länsi-Euroopassa.
This book thoroughly detailed Mythological sources.
Tämä kirja käsittelee yksityiskohtaisesti mytologiaan liittyviä
lähteitä.
**And Frazer's Golden Bough provided anthropological
sources.**
Ja Frazerin Golden Bough tarjosi antropologisia lähteitä.

***

The cuttings largely alluded to outré mental illnesses.
Pistokkaat viittasivat suurelta osin mielenterveysongelmiin.
Outbreaks of group folly and mania in the spring of 1925.
Ryhmähulluuden ja manian purkaukset keväällä 1925.
The first half of the manuscript told a very peculiar tale.
Käsikirjoituksen ensimmäinen puolisko kertoi hyvin
omituisen tarinan.
**1925, the 1st of March, a thin dark young man came to my
uncle.**
Vuonna 1925, ensimmäisenä maaliskuuta, laiha, tumma nuori
mies tuli setäni luokse.
The manuscript describes his neurotic and excited aspect.
Käsikirjoitus kuvailee hänen neuroottista ja kiihtynyttä
puoltaan.
And he bore with him the strange bas-relief.
Ja hän kantoi mukanaan outoa bareljeefia.
At that time the bas-relief was exceedingly damp and fresh.
Tuolloin bareljeefi oli erittäin kostea ja tuore.
His card bore the name of Henry Anthony Wilcox.
Hänen kortissaan luki Henry Anthony Wilcoxin nimi.
And my uncle had slightly recognized who he was.

Ja setäni oli jokseenkin tunnistanut kuka hän oli.
He was the youngest son of an excellent family.
Hän oli erinomaisen perheen nuorin poika.
Latterly he had been studying sculpture at Rhode Island.
Myöhemmin hän oli opiskellut kuvanveistoa Rhode
Islandissa.
He lived alone at the Fleur-de-Lys Building.
Hän asui yksin Fleur-de-Lys-rakennuksessa.
His residences were near the university.
Hänen asuinpaikkansa olivat lähellä yliopistoa.
Wilcox was a precocious youth of known genius.
Wilcox oli varhaiskypsä nuorukainen, mutta tunnettu
neroudesta.
But he was also known for his great eccentricity.
Mutta hänet tunnettiin myös suuresta omalaatuisuudestaan.
From childhood he had excited the attention of others.
Lapsuudestaan lähtien hän oli herättänyt muiden huomion.
He told of strange stories no one had told him about.
Hän kertoi outoja tarinoita, joita kukaan ei ollut hänelle
kertonut.
And he was in the habit of relating strange dreams.
Ja hänellä oli tapana kertoa outoja unia.
He described himself as "psychically hypersensitive".
Hän kuvaili itseään "psyykkisesti yliherkäksi".
But those around him had other descriptions for him.
Mutta hänen ympärillään olevilla oli hänestä muita
kuvauksia.
They were staid folk of the ancient commercial city.
He olivat muinaisen kauppakaupungin vauraita ihmisiä.
And they dismissed him as merely strange and "queer".
Ja he hylkäsivät hänet pelkästään outona ja "omituisena".
And so he never mingled much with his kind.
Ja niin hän ei koskaan seurustellut paljon kaltaistensa kanssa.
And he had dropped gradually from social visibility.
Ja hän oli vähitellen pudonnut sosiaalisesta näkyvyydestä.
Now he is known only to a small group of esthetes.
Nyt hänet tuntee vain pieni ryhmä esteettejä.

And those who knew him came mostly from other towns.
Ja ne, jotka tunsivat hänet, olivat enimmäkseen muista
kaupungeista.
Even the Providence art club had found him quite hopeless.
Jopa Providencen taidekerho oli pitänyt häntä aivan
toivottomana.
Of course they were anxious to preserve their conservatism.
Tietenkin he halusivat säilyttää konservatiivisuutensa.

***

The professor's manuscript continued to describe the visit.
Professorin käsikirjoitus jatkoi vierailun kuvailua.
**The sculptor abruptly asked for his host's archeological
knowledge.**
Kuvanveistäjä kysyi äkisti isäntänsä arkeologisia tietoja.
**He wanted him to identify the hieroglyphics on the bas-
relief.**
Hän halusi hänen tunnistavan bareljeefin hieroglyfit.
He spoke in a dreamy and rather stilted manner.
Hän puhui uneliaaseen ja melko teennäiseen sävyyn.
His speech suggested pose and alienated sympathy.
Hänen puheensa viittasi teeskentelyyn ja vieraannutti
myötätuntoa.
And my uncle showed some sharpness in his reply.
Ja setäni osoitti vastauksessaan jonkin verran terävyyttä.
Because the bas-relief was still conspicuously freshness.
Koska bareljeefi oli vielä silmiinpistävän tuore.
So there was no need for any kinship with archeology.
Joten ei ollut tarvetta minkäänlaiselle sukulaisuussuhteelle
arkeologian kanssa.
Young Wilcox's rejoinder was of a fantastically poetic cast.
Nuoren Wilcoxin vastaus oli fantastisen runollinen
näyttelijäkaarti.
My uncle must have been impressed with the reply.
Setäni on täytynyt olla vaikuttunut vastauksesta.
And he recorded the reply of Wilcox verbatim.

Ja hän kirjoitti Wilcoxin vastauksen sanatarkasti muistiin.
"The bas-relief is indeed still conspicuously fresh."
"Barrelief on todellakin edelleen silmiinpistävän tuore."
"Because I made this bas-relief last night, after a dream."
"Koska tein tämän bareljeefin eilen illalla unen jälkeen."
"A dream of strange cities and stranger people."
"Unelma oudoista kaupungeista ja oudoista ihmisistä."
"And dreams are older than brooding Tyros."
"Ja unet ovat vanhempia kuin synkkä Tyros."
"Dreams are older than the contemplative Sphinx."
"Unet ovat vanhempia kuin mietiskelevä sfinksi."
"And dreams are older than the garden-girdled Babylon."
"Ja unet ovat vanhempia kuin puutarhojen ympäröimä
Babylon."
This type of speech turned out to be characteristic of him.
Tämän tyyppinen puhe osoittautui hänelle ominaiseksi.
It was then that he began that rambling tale.
Silloin hän aloitti tuon sekavan tarinan.
The tale which suddenly played upon a sleeping memory.
Tarina, joka yhtäkkiä leijui uinuvan muiston pinnalla.
The tale that won the fevered interest of my uncle.
Kertomus, joka herätti setäni kuumeisen mielenkiinnon.

***

There had been a slight earthquake tremor the night before.
Edellisenä yönä oli ollut pieni maanjäristys.
**The most considerable tremor New England had felt for
some years.**
Merkittävin maanjäristys, jota Uusi-Englanti oli kokenut jo
vuosiin.
**Wilcox's imagination had been keenly affected by the
earthquake.**
Maanjäristys oli vaikuttanut voimakkaasti Wilcoxin
mielikuvitukseen.
**He had had an unprecedented dream of great Cyclopean
cities.**

Hänellä oli ollut ennennäkemätön unelma suurista
kyklooppikaupungeista.
He dreamed of Titan blocks and sky-flung monoliths.
Hän unelmoi titaanipalikoista ja taivaalle kohoavista
monoliiteista.
All the architecture was dripping with green ooze.
Kaikki arkkitehtuuri oli vihreän liman peitossa.
And his dreams were sinister with latent horror.
Ja hänen unensa olivat piilevän kauhun synkkiä.
Hieroglyphics had covered the walls and pillars.
Seinät ja pilarit olivat täynnä hieroglyfejä.
From somewhere underneath there came a sound.
Jostain alhaalta kuului ääni.
The sound was of a voice, but it was not a voice.
Ääni oli kuin joku puhuisi, mutta se ei ollut ääni.
**A chaotic sensation which only fancy could transmute into
sound.**
Kaoottinen tunne, jonka vain mielikuvitus voi muuttaa
ääneksi.
He attempted to say the almost unpronounceable word.
Hän yritti sanoa lähes lausumattoman sanan.
A jumble of unlikely letters; "Cthulhu fhtagn".
Epätodennäköisten kirjainten sekamelska; "Cthulhu fhtagn ".
This verbal jumble was the key to my uncle's recollection.
Tämä sanallinen sekamelska oli avain setäni muistikuviin.
This strange sound excited and disturbed Professor Angell.
Tämä outo ääni kiihotti ja häiritsi professori Angellia.
He questioned the sculptor with scientific minuteness.
Hän kyseenalaisti kuvanveistäjän tieteellisen
yksityiskohtaisesti.
He studied the bas-relief with almost frantic intensity.
Hän tutki bareljeefia lähes kiihkeästi.
My uncle blamed his old age, Wilcox afterward said.
Setäni syytti vanhuuttaan, Wilcox sanoi myöhemmin.
**In his younger days he would have recognized the
hieroglyphics.**
Nuorempana hän olisi tunnistanut hieroglyfit.

The pictorial design wouldn't have puzzled his sharper mind.

Kuvallinen suunnittelu ei olisi hämmentänyt hänen terävämpää mieltään.

Many of his questions seemed highly out of place to his visitor.

Monet hänen kysymyksistään tuntuivat vieraan silmissä täysin sopimattomilta.

He tried to connect him to strange mythological cults.

Hän yritti yhdistää hänet outoihin mytologisiin kultteihin.

He tried to get him to admit affiliation to secret societies.

Hän yritti saada hänet myöntämään yhteyden salaseuroihin.

My uncle even promised to keep his visitor's secret.

Setäni jopa lupasi pitää vieraansa salassa.

"Are you not part of a widespread mystical group?"

"Etkö ole osa laajalle levinnyttä mystistä ryhmää?"

"Are you not a member of a paganly religious body?"

"Etkö ole pakanallisen uskonnollisen yhteisön jäsen?"

Eventually he became convinced the sculptor wasn't a member.

Lopulta hän vakuuttui siitä, ettei kuvanveistäjä ollutkaan jäsen.

He was indeed ignorant of any cult or system of cryptic lore.

Hän oli todellakin tietämätön mistään kultista tai kryptisestä perinnejärjestelmästä.

He besieged his visitor with demands for future reports of dreams.

Hän piiritti vierailijaansa vaatimalla tulevia kertomuksia unista.

This strange request bore regular and interesting fruit.

Tämä outo pyyntö kantoi säännöllistä ja mielenkiintoista hedelmää.

***

After the first interview the manuscript records daily calls.

Ensimmäisen haastattelun jälkeen käsikirjoitukseen
tallennetaan päivittäiset puhelut.
He related startling fragments of nocturnal imagery.
Hän kertoi hätkähdyttäviä katkelmia yöllisistä kuvastoista.
There were always the same themes in his dreams.
Hänen unissaan oli aina samat teemat.
A terrible Cyclopean vista of dark and dripping stone.
Hirvittävä kyklooppimainen näkymä tummasta ja tippuvasta
kivestä.
**A subterranean voice or intelligence shouting
monotonously.**
Maanalainen ääni tai älykkyys huutaa monotonisesti.
Two sounds seemed to repeat themselves in his dreams.
Kaksi ääntä tuntui toistuvan hänen unissaan.
But these sounds were as enigmatic as the other sounds.
Mutta nämä äänet olivat yhtä arvoituksellisia kuin muutkin
äänet.
**The sounds can only be rendered by the letters "Cthulhu"
and "R'lyeh".**
Äänet voidaan tuottaa vain kirjaimilla "Cthulhu" ja " R'lyeh ".
**On March 23rd, the manuscript continued, Wilcox failed to
come.**
Käsikirjoitusta jatkettiin 23. maaliskuuta, mutta Wilcox ei
tullut.
My uncle made inquiries at the quarters of his whereabouts.
Setäni tiedusteli hänen olinpaikkaansa majoitustiloissa.
**That night he had been stricken with an obscure sort of
fever.**
Sinä yönä häntä oli vaivannut jonkinlainen tuntematon
kuume.
**And he was taken to the home of his family in Waterman
Street.**
Ja hänet vietiin perheensä kotiin Waterman Streetille.
That night he had cried out in one of his dreams.
Sinä yönä hän oli itkenyt yhdessä unissaan.
His cries aroused several other artists in the building.

Hänen huutonsa herättivät useita muita rakennuksessa olevia taiteilijoita.
And he was between alternations of unconsciousness and delirium.
Ja hän oli vuorotellen tajuttomuuden ja houreilun välillä.
My uncle at once telephoned the family of Wilcox.
Setäni soitti heti Wilcoxin perheelle.
And from that time forward he kept close watch of the case.
Ja siitä lähtien hän piti tapausta tarkasti silmällä.
He called often at the Thayer Street office of Dr. Tobey.
Hän kävi usein tohtori Tobeyn vastaanotolla Thayer Streetillä.
Dr. Tobey was in charge of the patient's condition.
Tohtori Tobey oli vastuussa potilaan tilasta.
The youth's febrile mind was dwelling on strange things.
Nuoren miehen kuumeinen mieli mautoi outoja asioita.
The doctor shuddered now and then as he spoke of the dreams.
Lääkäri puistatti silloin tällöin puhuessaan unista.
The dreams repeated a lot of the earlier themes.
Unet toistivat monia aiempia teemoja.
But now his dreams made mention of something new.
Mutta nyt hänen unensa mainitsivat jotain uutta.
A gigantic thing "a miles high" which walked, or lumbered about.
Jättimäinen, "mailin korkuinen" olento, joka käveli tai kömpelösti kulki ympäriinsä.
He at no time fully described this object in any detail.
Hän ei missään vaiheessa kuvaillut tätä kohdetta yksityiskohtaisesti.
But Dr. Tobey relayed the frantic words of his patient.
Mutta tohtori Tobey välitti potilaansa hätääntyneet sanat.
And the professor became increasingly certain of what it was.
Ja professori oli yhä varmempi siitä, mistä oli kyse.
The nameless monstrosity he had sought to depict in his sculpture.

Nimetön hirviö, jota hän oli pyrkinyt kuvaamaan veistoksellaan.

The doctor had mentioned the bas-relief he had made.

Lääkäri oli maininnut tekemänsä bareljeefin.

This mention preludes the young man's subsidence into lethargy.

Tämä maininta ennakoi nuoren miehen vaipumista uneliaisuuteen.

His temperature, oddly enough, was not greatly above normal.

Hänen lämpötilansa, kumma kyllä, ei ollut juurikaan normaalia korkeampi.

But his general condition suggested he was in a fever.

Mutta hänen yleiskuntonsa viittasi siihen, että hänellä oli kuumetta.

A fever, as opposed to being in the grasp of a mental disorder.

Kuume, toisin kuin mielenterveyshäiriön vaikutus.

***

On April 2nd at about 3 p.m. the fever came to an end.

Kuume lakkasi 2. huhtikuuta noin kello 15.

Every trace of Wilcox's malady suddenly ceased.

Kaikki Wilcoxin sairauden jäljet katosivat yhtäkkiä.

He sat upright in bed as if waking up from regular sleep.

Hän istui sängyssä suorana kuin heräillen tavallisesta unesta.

He was astonished to find himself at his parents' home.

Hän oli hämmästynyt huomatessaan olevansa vanhempiensa luona.

And he was completely ignorant of what had happened.

Ja hän oli täysin tietämätön tapahtuneesta.

Neither dream nor reality had made an impression on his mind.

Eivät unelmat eikä todellisuus olleet tehneet vaikutusta hänen mieleensä.

Dr. Tobey pronounced him fit to be dismissed from his care.

Tohtori Tobey julisti hänet hoitonsa ulkopuolelle siirrettäväksi.
And he returned to his quarters three days later.
Ja hän palasi majoitukseensa kolme päivää myöhemmin.
But to Professor Angell he was of no further assistance.
Mutta professori Angellille hänestä ei ollut enempää apua.
All traces of strange dreaming had vanished with his recovery.
Kaikki outojen unien jäljet olivat kadonneet hänen toipumisensa myötä.
For a week he recounted irrelevant and thoroughly usual visions.
Viikon ajan hän kertoi epäolennaisia ja täysin tavanomaisia näkyjä.
And my uncle kept no further record of his night-thoughts.
Eikä setäni pitänyt sen enempää kirjaa yöllisistä ajatuksistaan.
At this point the first part of the manuscript ended.
Tässä vaiheessa käsikirjoituksen ensimmäinen osa päättyi.
But my research was still anything but concluded.
Mutta tutkimukseni oli kaikkea muuta kuin päätökseen saatettu.
References to scattered notes helped piece things together.
Viittaukset hajallaan oleviin muistiinpanoihin auttoivat asioiden kokoamisessa.
And there was more than enough material for thought.
Ja ajatusmateriaalia oli enemmän kuin tarpeeksi.
My distrust of the artist had still not subsided.
Epäluottamukseni taiteilijaa kohtaan ei ollut vieläkään laantunut.
But this was largely a result of my ingrained skepticism.
Mutta tämä johtui paljolti syvään juurtuneesta skeptisyydestäni.
The notes described the dreams of various persons.
Muistiinpanoissa kuvailtiin eri ihmisten unia.
These dreams all occurred while young Wilcox was in his fever.
Nämä unet nähtiin kaikki nuoren Wilcoxin ollessa kuumeessa.

My uncle, it seems, wasted no time in collecting the data.
Setäni ei ilmeisestikään haaskannut aikaa tietojen
keräämiseen.
**He had quickly instituted a prodigiously far-flung body of
inquiries.**
Hän oli nopeasti pannut käyntiin valtavan laajan
tutkimusjoukon.
Any friend that didn't show impertinence he questioned.
Hän kyseenalaisti jokaisen ystävän, joka ei osoittanut
röyhkeyttä.
He requested from them nightly reports of their dreams.
Hän pyysi heiltä joka yö raportteja unistaan.
And he asked if they had had any notable visions of late.
Ja hän kysyi, olivatko he nähneet viime aikoina mitään
merkittäviä näkyjä.
The reception of his request seems to have been varied.
Hänen pyyntönsä vastaanotto näyttää olleen vaihteleva.
But there was certainly no shortage in replies.
Mutta vastauksista ei todellakaan ollut pulaa.
No ordinary man could have handled the replies alone.
Yksikään tavallinen ihminen ei olisi pystynyt käsittelemään
vastauksia yksin.
The original correspondences were not preserved.
Alkuperäisiä kirjeenvaihtoja ei säilytetty.
But his notes formed a thorough and significant digest.
Mutta hänen muistiinpanonsa muodostivat perusteellisen ja
merkittävän koosteen.

***

Initially he had approached average people in society.
Aluksi hän oli lähestynyt yhteiskunnan tavallisia ihmisiä.
New England's traditional "salt of the earth".
Uuden-Englannin perinteinen "maan suola".
But this group gave an almost completely negative result.
Mutta tämä ryhmä antoi lähes täysin negatiivisen tuloksen.
Though there were some exceptions to this group too.

Vaikka tässäkin ryhmässä oli poikkeuksia.
Scattered cases of uneasy but formless nocturnal impressions.
Hajanaisia tapauksia levottomista mutta muodottomista yöllisistä vaikutelmista.
Their reports were always between March 23rd and April 2nd.
Heidän raporttinsa olivat aina 23. maaliskuuta ja 2. huhtikuuta välisenä aikana.
This aligned with the same period of young Wilcox's delirium.
Tämä oli linjassa nuoren Wilcoxin deliriumin saman ajanjakson kanssa.
Men of science had been only a little more affected.
Tiedemiehet olivat olleet vain hieman enemmän vaikuttuneita.
Though four cases of vague description were of interest.
Vaikka neljä epämääräisesti kuvailtua tapausta olivatkin kiinnostavia.
They had had fugitive glimpses of strange landscapes.
He olivat nähneet samoiltavin silmin outoja maisemia.
And in one case a dread of something abnormal was mentioned.
Ja yhdessä tapauksessa mainittiin pelko jostakin epänormaalista.
It was from the artists and poets that the pertinent answers came.
Asiaankuuluvat vastaukset tulivat taiteilijoilta ja runoilijoilta.
It is a blessing no one had been able to compare notes.
On siunaus, ettei kukaan ole pystynyt vertailemaan nuottejaan.
Panic would have broken loose had they shared their visions.
Paniikki olisi puhjennut, jos he olisivat jakaneet visionsa.
This, however, did not dispel my ingrained skepticism.
Tämä ei kuitenkaan hälventänyt syvälle juurtunutta skeptisyyttäni.

Others might have come to mythical conclusions much quicker.
Toiset olisivat voineet tulla myyttisiin johtopäätöksiin paljon nopeammin.
But the original letters were lacking from the notes.
Mutta alkuperäiset kirjeet puuttuivat muistiinpanoista.
I half suspected the compiler of having asked leading questions.
Epäilin melkein, että laatija oli esittänyt johdattelevia kysymyksiä.
Or perhaps the correspondences weren't entirely original.
Tai ehkä kirjeenvaihdot eivät olleet täysin omaperäisiä.
Perhaps my uncle had resolved to confirm Wilcox's dreams.
Ehkä setäni oli päättänyt vahvistaa Wilcoxin unet.
That is why I continued to feel suspicious of the sculptor.
Siksi suhtauduin edelleen epäillen kuvanveistäjään.
Perhaps he was still cognizant of my uncle's old data.
Ehkä hän oli vielä tietoinen setäni vanhoista tiedoista.
Perhaps he had been imposing on the veteran scientist.
Ehkä hän oli ollut kiusaantunut kokeneelle tiedemiehelle.
Nonetheless, the corroborating data had to be investigated.
Vahvistavia tietoja piti kuitenkin tutkia.

***

The responses from the esthetes told a disturbing tale.
Esteetikkojen vastaukset kertoivat häiritsevää tarinaa.
From February 28th to April 2nd their dreams aligned.
Heidän unelmansa osuivat yksiin 28. helmikuuta ja 2. huhtikuuta välisenä aikana.
And a large proportion of them had dreamed very bizarre things.
Ja suuri osa heistä oli nähnyt unia hyvin omituisista asioista.
The timing of the intensity of their dreams was also of interest.
Myös unien voimakkuuden ajoitus oli kiinnostavaa.
The period of the sculptor's delirium marked a highpoint.

Kuvanveistäjä deliriumin ajanjakso oli hänen elämänsä huippukohta.

The intensity of their dreams were immeasurably the stronger.

Heidän unelmiensa intensiteetti oli mittaamattoman voimakas.

Over a quarter reported unfamiliar and unpronounceable sounds.

Yli neljännes ilmoitti kuulevansa outoja ja lausumattomia ääniä.

Noises not dissimilar to what Wilcox had also described.

Äänet muistuttivat Wilcoxin kuvailemia ääniä.

Some described highly elaborate and impossible architecture.

Jotkut kuvailivat erittäin monimutkaista ja mahdotonta arkkitehtuuria.

And some of the dreamers confessed to an acute fear.

Ja jotkut unennäkijöistä tunnustivat voimakkaan pelon.

Like Wilcox, they had seen some gigantic nameless thing.

Wilcoxin tavoin he olivat nähneet jonkin jättimäisen nimettömän otuksen.

One case, which the note describes with emphasis, was very sad.

Yksi tapaus, jota muistiinpanossa painokkaasti kuvataan, oli hyvin surullinen.

The subject was a widely known architect of the region.

Kohteena oli alueensa tunnettu arkkitehti.

He too had leanings toward theosophy and occultism.

Hänellä oli myös taipumuksia teosofiaan ja okkultismiin.

This man went violently insane on March the 22nd.

Tämä mies sekosi pahasti maaliskuun 22. päivänä.

The exact same date of young Wilcox's seizure.

Täsmälleen sama päivä, jolloin nuorella Wilcoxilla oli kohtaus.

He expired several months later, after incessant screaming.

Hän menehtyi useita kuukausia myöhemmin lakkaamattoman huutamisen jälkeen.

He begged to be saved from some escaped denizen of hell.

Hän aneli, että hänet pelastettaisiin joltain karanneelta helvetin asukkaalta.

Regrettably, my uncle did not refer to these cases by name.

Valitettavasti setäni ei maininnut näitä tapauksia nimeltä.

Instead, all studies were given nothing more than a number.

Sen sijaan kaikille tutkimuksille annettiin vain numero.

This way I was limited in attempting any personal investigation.

Tällä tavoin en voinut yrittää henkilökohtaista tutkimusta.

And corroborating the evidence further was demanding.

Ja todisteiden vahvistaminen edelleen oli vaativaa.

But finally I did succeed in tracing down some cases.

Mutta lopulta onnistuin jäljittämään joitakin tapauksia.

I should have trusted the notes from my uncle.

Minun olisi pitänyt luottaa setäni muistiinpanoihin.

They reported their dreams true to their reports.

He kertoivat unelmiensa olevan totta raporttiensa mukaisesti.

I have often wondered what they thought the questioning meant.

Olen usein miettinyt, mitä he kuvittelivat kyselyllä tarkoittavan.

It is for the best that no explanation shall ever reach them.

On parasta, ettei mikään selitys koskaan tavoita heitä.

*****

As I have mentioned, my uncle also collected press clippings.

Kuten olen maininnut, setäni keräsi myös lehtileikkeitä.

These press clippings corresponded to the dates in question.

Nämä lehtileikkeet vastasivat kyseisiä päivämääriä.

The sources were scattered throughout the globe.

Lähteet olivat hajallaan ympäri maailmaa.

Professor Angell must have employed a cutting bureau.

Professori Angellin on täytynyt käyttää leikkauskonetta.

Because the number of extracts was tremendous.

Koska otteiden määrä oli valtava.

There was a parallel to this part of his research.
Hänen tutkimuksessaan oli tähän osaan yhtäläisyyksiä.
Cases of panic, mania, and eccentricity.
Paniikki-, mania- ja omituisuuskohtauksia.
One case was a nocturnal suicide in London.
Yksi tapaus oli yöllinen itsemurha Lontoossa.
A lone sleeper had leaped from a window after a shocking cry.
Yksinäinen nukkuja oli hypännyt ikkunasta järkyttävän huudon jälkeen.
A rambling letter to the editor of a paper in South America.
Sekava kirje eteläamerikkalaisen lehden toimittajalle.
A fanatic deduces a dire future from visions he had had.
Fanaatikko päättelee synkän tulevaisuuden näkemiensä näkyjen perusteella.
A dispatch from California describes a theosophist colony.
Kaliforniasta tulevassa viestissä kuvataan teosofien siirtokuntaa.
They donned white robes en masse for some "glorious fulfilment".
He pukeutuivat joukolla valkoisiin kaapuihin jonkin "loistavan täyttymyksen" saavuttamiseksi.
Although that "glorious fulfilment" never arose.
Vaikka tuota "loistavaa täyttymystä" ei koskaan tapahtunut.
There seems to be serious unrest from the natives in India.
Intian alkuperäisasukkaiden keskuudessa näyttää olevan vakavia levottomuuksia.
Voodoo orgies multiplied in Haiti.
Voodoo-orgiat lisääntyivät Haitissa.
African outposts report ominous mutterings.
Afrikkalaiset etuvartiot raportoivat pahaenteisistä kuiskauksista.
American officers in the Philippines find certain tribes bothersome.
Filippiineillä olevat amerikkalaiset upseerit pitävät tiettyjä heimoja häiritsevinä.
New York policemen are mobbed by hysterical Levantines.

Hysteeriset levanttilaiset piirittävät New Yorkin poliiseja.
This occurred exactly on the night of March 22-23.
Tämä tapahtui täsmälleen maaliskuun 22. ja 23. päivän
välisenä yönä.
**The west of Ireland, too, was full of wild rumor and
legendry.**
Myös Irlannin länsiosa oli täynnä villejä huhuja ja legendoja.
**A fantastic painter named Ardois-Bonnot made the news in
France.**
Upea taidemaalari nimeltä Ardois-Bonnot nousi uutisiin
Ranskassa.
**He hung a blasphemous dream landscape in the Paris spring
salon.**
Hän ripusti jumalanpilkkaavan unelmamaiseman Pariisin
kevätsalonkiin.
**The recorded troubles in insane asylums were
immeasurable.**
Mielisairaaloissa kirjatut ongelmat olivat mittaamattomia.
**A miracle must have kept the medical fraternities
unsuspecting.**
Ihmeen on täytynyt pitää lääkäriliitot tietämättöminä.
But they never noted the strange parallelisms of the cases.
Mutta he eivät koskaan panneet merkille tapausten outoja
yhtäläisyyksiä.
Else they too would have come to mystified conclusions.
Muuten hekin olisivat tulleet hämmentyneisiin
johtopäätöksiin.
**I must confess these were indeed a set of weird paper
cuttings.**
Minun on myönnettävä, että nämä olivat todellakin outoja
paperileikkeitä.
My uncle had put forward a convincing argument.
Enoni oli esittänyt vakuuttavan argumentin.
I can't explain how I set the evidence aside.
En osaa selittää, miten olen sivuuttanut todisteet.
But my callous rationalism took the upper hand.
Mutta tunteeton rationalismini otti voiton.

And I was still suspicious of the young sculptor, Wilcox.
Ja minua epäilivät yhä nuoret kuvanveistäjät, Wilcoxit.
He must have known of the older matters mentioned by the professor.
Hänen on täytynyt tietää professorin mainitsemista vanhemmista asioista.

The Tale of Inspecter Legrasse
Tarina tarkastaja Legrassesta

Let me turn your attention away from the young sculptor.
Sallikaa minun kääntää huomionne pois nuoresta
kuvanveistäjästä.
And let us focus on the second half of the manuscript.
Ja keskitytäänpä käsikirjoituksen toiseen puoliskoon.
A few dreams alone would not have been so significant.
Muutamat unelmat yksinään eivät olisi olleet niin merkittäviä.
The bas-relief could have been dismissed as a hoax.
Bareljeefi olisi voitu sivuuttaa huijauksena.
But my uncle had previously been primed to take interest.
Mutta setäni oli jo aiemmin ollut valmiina kiinnostumaan.
Wilcox's dream seemed to have a link to past events.
Wilcoxin unella näytti olevan yhteys menneisiin tapahtumiin.
It wasn't the first time that he had heard that word.
Se ei ollut ensimmäinen kerta, kun hän kuuli tuon sanan.
The ominous syllables perhaps written as "Cthulhu".
Pahaenteiset tavut on kenties kirjoitettu muodossa "Cthulhu".
He had seen and heard of similar descriptions before.
Hän oli nähnyt ja kuullut vastaavista kuvauksista aiemminkin.
The hellish outlines of the nameless monstrosity.
Nimettömän hirviön helvetilliset ääriviivat.
He had previously puzzled over the same hieroglyphics.
Hän oli aiemmin pohtinut samoja hieroglyfejä.
All this produced a horrible connection of events.
Kaikki tämä johti kammottavaan tapahtumien ketjuun.
It is no wonder he pursued young Wilcox with queries.
Ei ihme, että hän jahtasi nuorta Wilcoxia kysymyksillään.
And we must not be surprised he interrogated Wilcox so.
Eikä meidän pidä yllättyä, että hän kuulusteli Wilcoxia sillä
tavalla.
This earlier experience had come in the year of 1908.
Tämä aiempi kokemus oli tullut vuonna 1908.
Seventeen years before Wilcox came to my great-uncle.

Seitsemäntoista vuotta ennen kuin Wilcox tuli isoisosedäni
luokse.
The archeological society were meeting in St. Louis.
Arkeologinen seura kokoontui St. Louisissa.
Professor Angell had a prominent part in the deliberations.
Professori Angellilla oli näkyvä rooli neuvotteluissa.
His responsibilities befitted one of his authority.
Hänen vastuunsa sopivat yhdelle hänen auktoriteeteistaan .
**He was one of the first to be approached by several
outsiders.**
Hän oli yksi ensimmäisistä, joihin useat ulkopuoliset ottivat
yhteyttä.
They took advantage of the convocation to offer questions.
He käyttivät tilaisuutta hyväkseen esittääkseen kysymyksiä.
They hoped for correct answering from an expert.
He toivoivat asiantuntijalta oikeaa vastausta.
They each had very peculiar types of problems.
Heillä kaikilla oli hyvin omituisia ongelmia.
And they required very different types of solutions.
Ja ne vaativat hyvin erilaisia ratkaisuja.
The chief of these was a common-looking middle-aged man.
Näistä päällikkö oli tavallisen näköinen keski-ikäinen mies.
And he quickly became the meeting's focus of interest.
Ja hänestä tuli nopeasti kokouksen mielenkiinnon kohde.

***

He had traveled to St. Louis all the way from New Orleans.
Hän oli matkustanut St. Louisiin aina New Orleansista asti.
He had come to the meeting for special information.
Hän oli tullut kokoukseen saadakseen erityistä tietoa.
Knowledge that could not be unobtained from local source.
Tietoa, jota ei voinut hankkia paikallisista lähteistä.
His name was John Raymond Legrasse, police inspector.
Hänen nimensä oli John Raymond Legrasse, poliisikomisario.
He bore with him the mysterious subject of his inquiries.
Hän kantoi mukanaan tutkimustensa salaperäistä kohdetta.

A grotesque and apparently very ancient stone statuette.
Groteski ja ilmeisesti hyvin vanha kivipatsas.
A statuette whose origin no one had been able to determine.
Patsas, jonka alkuperää kukaan ei ollut pystynyt selvittämään.
But don't assume Inspector Legrasse was an archeologist.
Mutta älä oleta, että tarkastaja Legrasse oli arkeologi.
He had very little interest in archeology, nor mythology.
Hän oli hyvin vähän kiinnostunut arkeologiasta tai mytologiasta.
His wish for enlightenment had rather different motivations.
Hänen valistuksenhalunsa motiivit olivat aivan erilaiset.
He was prompted to come by purely professional considerations.
Hänet paikalle houkuttelivat puhtaasti ammatilliset syyt.
The statuette had been captured as part of a police raid.
Patsas oli takavarikoitu osana poliisin ratsian.
Although whether it was even a statuette wasn't determined.
Vaikka sitä, oliko se edes patsas, ei ole vielä päätetty.
It could also have been an idol, magic fetish, or charm.
Se on voinut olla myös idoli, taikafetissi tai loitsu.
Whatever it was, it had been captured some months previously.
Olipa se mikä tahansa, se oli vangittu joitakin kuukausia aiemmin.
A meeting was being held in the wooded swamps of New Orleans.
New Orleansin metsäisillä soilla pidettiin kokous.
The police had been tipped of about a supposed voodoo meeting.
Poliisi oli saanut vihjeen oletetusta voodoo-kokouksesta.
Strange and hideous rites connected with the voodoo circle.
Outoja ja hirvittäviä voodoo-piiriin liittyviä rituaaleja.
The police could not but realize what they had stumbled on.
Poliisi ei voinut olla tajuamatta, mihin he olivat kompastuneet.
A dark cult previously totally unknown to the authorities.

Synkkä kultti, joka oli aiemmin täysin tuntematon
viranomaisille.
Infinitely more sinister than what an outsider could expect.
Paljon synkempää kuin ulkopuolinen olisi voinut odottaa.
**More diabolic than the blackest of the African voodoo
circles.**
Pirullisempi kuin mustimmat afrikkalaiset voodoo-piirit.
**Unbelievable tales were extorted from the captured cult
members.**
Vangituilta kultin jäseniltä kiristettiin uskomattomia tarinoita.
But nothing of the relic's origin could be discovered.
Mutta jäännöksen alkuperästä ei löytynyt mitään tietoa.
Hence the anxiety of the police for any antiquarian lore.
Siksi poliisi on niin huolissaan kaikesta antiikkiperinteestä.
Ancient mythology might explain the frightful symbol.
Muinainen mytologia saattaa selittää pelottavan symbolin.
Deeper knowledge could perhaps track the fountain-head.
Syvempi tietämys voisi kenties jäljittää lähteen pään.
**Inspector Legrasse was not prepared for the excitement he
created.**
Komisario Legrasse ei ollut varautunut aiheuttamaansa
jännitykseen.
One sight of the mysterious object was all that was required.
Yksi vilaus salaperäisestä esineestä riitti.
The assembled men of science were filled with curiosity.
Kokoontuneet tiedemiehet olivat täynnä uteliaisuutta.
They lost no time in crowding closely around the inspector.
He tungeksivat viipymättä tiiviisti tarkastajan ympärille.
**And they all tried to get the best look at the diminutive
figure.**
Ja he kaikki yrittivät saada parhaan mahdollisen kuvan
pienestä hahmosta.

***

The genuinely abysmal antiquity inspired wild imagination.
Aidosti kurja antiikki inspiroi villiä mielikuvitusta.

The strangeness hinted so potently at unopened and archaic
vistas.
Outous vihjasi niin voimakkaasti avaamattomiin ja
ikivanhoihin näkymiin.
No recognized school of sculpture had animated this terrible
object.
Mikään tunnettu kuvanveistokoulukunta ei ollut elävöittänyt
tätä kauheaa esinettä.
Yet centuries seemed recorded in the dim and greenish
surface.
Silti vuosisatoja näytti olevan tallentunut himmeään ja
vihertävään pintaan.
Perhaps thousands of years were hidden in this unplaceable
stone.
Ehkä tuhansia vuosia oli kätkettynä tähän paikkaamattomaan
kiveen.
The figurine was finally passed slowly from man to man.
Hahmo siirrettiin lopulta hitaasti mieheltä toiselle.
Each scientist carefully studied the strange markings of the
stone.
Jokainen tiedemies tutki huolellisesti kiven outoja merkintöjä.
The work was between seven and eight inches in height.
Teos oli seitsemän ja kahdeksan tuuman korkuinen.
And the exquisite artistic workmanship must be noted.
Ja on pakko huomata hienostunut taiteellinen työstö.
The carvings represented a monster of vaguely anthropoid
outline.
Kaiverrukset edustivat epämääräisesti ihmismäisen muotoista
hirviötä.
On the face of the octopus-esque head was a mass of feelers.
Mustekalaa muistuttavan pään päällä oli kasa tunnustelijoita.
Prodigious claws on hind and fore feet protruded from the
body.
Taka- ja etujalkojen valtavat kynnet työntyivät ulos kehosta.
The bloated corpulence had a rubbery looking quality to it.
Turvonnut lihavuus näytti kumimaiselta.

And from behind the rubbery body came out two narrow wings.

Ja kumimaisen rungon takaa tuli esiin kaksi kapeaa siipeä.

It would be instinctual to think of this thing as fearsome.

Olisi vaistonvaraista ajatella tätä asiaa pelottavana.

There was an unnatural malignancy to the aura of the creature.

Olennon aurassa oli luonnoton pahanlaatuisuus.

The gargantuan squatted evilly on a rectangular block.

Jättimäinen kyykistyi ilkeästi suorakaiteen muotoisella pölkkyllä.

The pedestal it was on was covered with undecipherable characters.

Jalusta, jolla se oli, oli peitetty lukemattomilla merkeillä.

The tips of the wings touched the back edge of the block.

Siipien kärjet koskettivat lohkon takareunaa.

The creature was sitting on the middle of the giant block.

Olento istui jättiläismäisen lohkon keskellä.

Its legs were doubled up under its monstrous body.

Sen jalat olivat kaksinkerroin kooltaan sen hirviömäisen ruumiin alla.

The long, curved claws gripped the front edge of the cliff.

Pitkät, kaarevat kynnet tarrasivat kallion etureunaan.

The cephalopod head was bent forward, observing its kingdom.

Pääjalkaisten pää oli taivutettu eteenpäin tarkkaillen valtakuntaansa.

The ends of the facial feelers brushed the backs of huge forepaws.

Kasvotuntosilmukoiden päät hipaisivat valtavien etukäpälien selkämyksiä.

And the forepaws clasped the croucher's elevated knees.

Ja etukäpälät tarttuivat kyykistyneen koholla oleviin polviin.

The appearance of the grotesque scene was abnormally lifelike.

Groteskin kohtauksen ulkonäkö oli poikkeuksellisen elävän näköinen.

But this lifelike quality only added a subtle reason to be
more fearful.
Mutta tämä elävänkaltainen ominaisuus lisäsi vain
hienovaraisen syyn olla entistä pelokkaampi.
Because we knew nothing about the source of the depiction.
Koska emme tienneet mitään kuvauksen lähteestä.
The creature's vast, awesome, and incalculable age was
unmistakable.
Olennon valtava, mahtava ja laskematon ikä oli kiistaton.
But not one link did the depiction show with any known
type of art.
Mutta kuvauksessa ei näkynyt yhtäkään yhteyttä mihinkään
tunnettuun taidemuotoon.
Not even the earliest civilizations made reference to this
creature.
Edes varhaisimmat sivilisaatiot eivät maininneet tätä olentoa.
But that is not the only point at which our knowledge failed
us.
Mutta se ei ole ainoa kohta, jossa tietomme petti.

***

The mineralogy of the stone was also a complete mystery.
Myös kiven mineralogia oli täydellinen mysteeri.
Gold specks dotted the soapy, greenish-black stone.
Kultaiset täplät täplittivät saippuaisen, vihertävänmustaa
kiveä.
Iridescent striations ran along the length of the stone.
Kiven pituudella kulkivat hohtavat juovat.
In short, the stone resembled nothing within mineralogy.
Lyhyesti sanottuna kivi ei muistuttanut mitään
mineralogiassa.
Geologists hadn't been able to identify the stone either.
Geologitkaan eivät olleet pystyneet tunnistamaan kiveä.
The hieroglyphs along the stone were equally baffling.
Kiven hieroglyfit olivat yhtä hämmentäviä.
The writing system was horribly different than other scripts.

Kirjoitusjärjestelmä oli aivan erilainen kuin muissa skripteissä.
A representation of half the world's leading experts was present.
Läsnä oli edustus puolet maailman johtavista asiantuntijoista.
But no link to any known writing system could be established.
Mutta yhteyttä mihinkään tunnettuun kirjoitusjärjestelmään ei voitu luoda.
Everything frightfully suggested an old and unhallowed cycle of life.
Kaikki muistutti pelottavasti vanhasta ja epäpyhästä elämän kiertokulusta.
A history in which our world and our conceptions played no part.
Historia, jossa maailmallamme ja käsityksillämme ei ollut mitään osuutta.
The experts shook their heads, admitting they had been defeated.
Asiantuntijat pudistivat päätään ja myönsivät kärsineensä tappion.
But one expert did not give up quite so quickly.
Mutta yksi asiantuntija ei luovuttanut aivan niin nopeasti.
He claimed to have a touch of bizarre familiarity with the subject.
Hän väitti tuntevansa aihetta jollain tavalla omituisella tavalla.
The monstrous shape and writing weren't entirely new to him.
Hirviömäinen muoto ja kirjoitus eivät olleet hänelle täysin uusia.
With some diffidence he told of the odd trifle he knew.
Hieman ujosti hän kertoi jostakin tietämästään kummallisesta pikkujutusta.
This person was the late William Channing Webb.
Tämä henkilö oli edesmennyt William Channing Webb.
He was professor of anthropology in Princeton University.
Hän oli antropologian professori Princetonin yliopistossa.
And he was an explorer of no small significance.

Ja hän oli merkittävä tutkimusmatkailija.

***

**Forty-eight years ago he was exploring Greenland and
Iceland.**
Neljäkymmentäkahdeksan vuotta sitten hän tutki Grönlantia
ja Islantia.
His group were in search of some Runic inscriptions.
Hänen ryhmänsä etsi riimukirjoituksia.
But the expedition failed to unearth any inscriptions.
Mutta retkikunta ei onnistunut kaivamaan esiin mitään
piirtokirjoituksia.
They trekked the heights of West Greenland's coasts.
He vaelsivat Länsi-Grönlannin rannikkojen korkeuksilla.
Here they encountered a strange cult of degenerate Eskimos.
Täällä he kohtasivat omituisen rappeutuneiden eskimojen
kultin.
Their religion consisted of a form of devil-worship.
Heidän uskontonsa koostui eräänlaisesta
paholaisenpalvonnasta.
**And their rituals were deliberately bloodthirsty and
repulsive.**
Ja heidän rituaalinsa olivat tarkoituksella verenhimoisia ja
vastenmielisiä.
It was a faith of which other Eskimos knew little.
Se oli uskonto, josta muut eskimot tiesivät vain vähän.
Locals shuddered at the mention of their practices.
Paikalliset kauhistuivat kuullessaan maininnan heidän
käytännöistään.
They said their believes came from horribly ancient eons.
He sanoivat uskomustensa tulevan hirvittävän muinaisista
ajoista.
**A time before the world as we know it now had ever been
made.**
Aika ennen kuin maailmaa, sellaisena kuin me sen nyt
tunnemme, oli koskaan luotu.

There were human sacrifices and queer hereditary rituals.
Oli ihmisuhreja ja omituisia perinnöllisiä rituaaleja.
And all their worship was directed at a supreme tornasuk.
Ja kaikki heidän palvontansa oli suunnattu ylimmälle
tornasuille .
Professor Webb had taken a phonetic copy from an aged
angekok.
Professori Webb oli ottanut foneettisen kopion iäkkäältä
angekokilta.
He had transcribed the wizard-priest's chants as best he
could.
Hän oli litteroinut velhopapin loitsut parhaansa mukaan.
But currently these transcriptions weren't of prime
significance.
Mutta tällä hetkellä näillä transkriptioilla ei ollut ensiarvoisen
tärkeää merkitystä.
The cult had a cherished stone that they worshipped.
Kultilla oli rakas kivi, jota he palvoivat.
They danced wildly when the aurora leaped over the ice
cliffs.
He tanssivat villisti, kun revontulet hyppäsivät jääkallioiden
yli.
And in the midst of their dance was the strange stone.
Ja heidän tanssinsa keskellä oli outo kivi.
It was, the professor stated, a very crude bas-relief of stone.
Se oli, professori totesi, hyvin karkea kivinen bareljeefi.
The stone comprised a hideous picture and some cryptic
writing.
Kivi koostui hirvittävästä kuvasta ja kryptisestä kirjoituksesta.
And as far as he could tell this stone was a rough parallel.
Ja hänen päätelmänsä mukaan tämä kivi oli karkea vastine
sille.
The stone had all the same essential features of bestial
things.
Kivellä oli kaikki samat eläimien olentojen olennaiset
ominaisuudet.

The scientists received this data with suspense and astonishment.
Tiedemiehet ottivat tiedot vastaan jännityksellä ja hämmästyksellä.
Even Inspector Legrasse had quickly gained an interest in mythology.
Jopa tarkastaja Legrasse oli nopeasti kiinnostunut mytologiasta.
And he began at once to ply his informant with questions.
Ja hän alkoi heti pommittaa tiedonantajaansa kysymyksillä.
He had notes of the oral ritual of the cult-worshipers in the swamp.
Hänellä oli muistiinpanoja suolla toimivien kultinpalvojien suullisista rituaaleista.
He besought the professor to remember the diabolist Eskimos' chants.
Hän pyysi professoria muistamaan pirulaisten eskimojen laulut.
There then followed an exhaustive comparison of details.
Tämän jälkeen seurasi yksityiskohtien perusteellinen vertailu.
And there then followed a moment of really awed silence.
Ja sitten seurasi hetki todella kunnioitusta herättävää hiljaisuutta.
The Eskimo wizards and the Louisiana swamp-priests were worlds apart.
Eskimovelhot ja Louisianan suopappit olivat aivan eri maailmoissa.
And yet there was a phrase the two hellish rituals had in common.
Ja silti näillä kahdella helvetillisellä rituaalilla oli yhteinen lause.
"Ph'nglui mglw'nafh Cthulhu R'lyeh wgah'nagl fhtagn."
" Ph'nglui Cthulhu R'lyeh wgah'nagl fhtagn ."

*****

Legrasse had one advantage over Professor Webb.

Legrassella oli yksi etu professori Webbiin nähden.
He had spoken to several of his mongrel prisoners.
Hän oli puhunut useiden sekarotuisten vankiensa kanssa.
Some of them had passed on the phrase's meaning.
Jotkut heistä olivat välittäneet lauseen merkityksen eteenpäin.
"In his house at R'lyeh dead Cthulhu waits dreaming."
"Talossaan R'lyehissä kuollut Cthulhu odottaa unissaan."
So the attention turned back to Inspector Legrasse.
Niinpä huomio kääntyi takaisin komisario Legrasseen .
And he was probed with many disconnected questions.
Ja häntä pohdittiin monilla toisiinsa liittymättömillä
kysymyksillä.
**He detailed his experience with the worshipers from the
swamp.**
Hän kertoi yksityiskohtaisesti kokemuksestaan suolta
tulleiden palvojien kanssa.
My uncle attached profound significance to the story.
Setäni piti tarinaa syvästi tärkeänä.
The report savored of the wildest dreams of myth-makers.
Raportti maistui myyttien luojien villeimmiltä unelmilta.
Theosophists could not have provided more imagination.
Teosofit eivät olisi voineet tarjota enempää mielikuvitusta.
But the philosophies came from unexpected sources.
Mutta filosofiat tulivat odottamattomista lähteistä.
Half-castes and pariahs told these fantastical stories.
Puolikastiset ja hylkiöt kertoivat näitä fantastisia tarinoita.
On November 1st, 1907, his chain of events unfolded.
Marraskuun 1. päivänä 1907 hänen tapahtumaketjunsa
avautui.
The New Orleans police received desperate calls.
New Orleansin poliisi sai epätoivoisia hälytyksiä.
**They were called to the swamp and lagoon country to the
south.**
Heidät kutsuttiin etelään soiden ja laguunien seudulle.
The settlers there were mostly primitive, but good-natured.
Siellä asuvat uudisasukkaat olivat enimmäkseen alkeellisia,
mutta hyväluonteisia.

**Most living by the swamp were descendants of Lafitte's
men.**
Suurin osa suon varrella asuvista oli Lafitten miesten
jälkeläisiä.
But now they were in the grip of stark terror.
Mutta nyt he olivat kauhun vallassa.
An unknown thing had stolen upon them in the night.
Jokin tuntematon oli hiipinyt heidän kimppuunsa yöllä.
It was voodoo, apparently, that caused the disturbance.
Ilmeisesti voodoo aiheutti häiriön.
But it was a voodoo unlike the other forms of voodoo.
Mutta se oli voodoo, toisin kuin muut voodoon muodot.
Voodoo of a more terrible sort than they had ever known.
Kamalampaa voodoota kuin mitä he olivat koskaan ennen
kokeneet.
Some of their women and children had disappeared.
Osa heidän naisistaan ja lapsistaan oli kadonnut.
A malevolent drumming had begun its incessant beating.
Pahansuopa rumpujen jyskytys oli alkanut lakkaamatta.
Far and deep within those dark, black haunted woods.
Kaukana ja syvällä noissa pimeissä, mustissa, kummittelevissa
metsissä.
There, where no dweller dared to ventured close to.
Siellä, minne yksikään asukas ei uskaltanut mennä lähelle.
There were insane shouts and harrowing screams.
Kuului mielettömiä huutoja ja järkyttäviä kirkaisuja.
Soul-chilling chants and dancing devil-flames.
Sielua kylmiä lauluja ja tanssivia paholaisenliekkejä.
The messenger and his people could stand it no more.
Sanansaattaja ja hänen kansansa eivät kestäneet sitä enää.
A body of twenty police set out in the late afternoon.
Kahdenkymmenen poliisin joukko lähti liikkeelle myöhään
iltapäivällä.
And a shivering settler came with them as a guide.
Ja heidän mukanaan oppaanaan tuli hytisevä uudisasukas.

***

At the end of the passable road they alighted.
Kuljettavan tien päässä he nousivat autosta.
For miles and miles they splashed on in silence.
Kilometrien matkan he loiskivat eteenpäin hiljaisuudessa.
And they went on through the terrible cypress woods.
Ja he jatkoivat matkaansa kauhistuttavien sypressimetsien
läpi.
Dark, dark woods in which day but almost never came.
Synkkä, synkkä metsä, jossa päivä melkein ei koskaan
koittanut.
Ugly roots set traps for them in the wet ground.
Rumat juuret virittävät niille ansoja märkään maahan.
Malignant hanging nooses of Spanish moss beset them.
Pahanlaatuiset espanjansammalen roikkuvat silmukat
vaivaavat niitä.
In the distance the settlement slowly came into sight.
Kaukaisuudessa asutus alkoi hitaasti näkyä.
Hysterical dwellers ran out of the miserable huts.
Hysteeriset asukkaat juoksivat ulos kurjista majoista.
They clustered around the group of bobbing lanterns.
He kerääntyivät ryhmän keinuvien lyhtyjen ympärille.
Far, far ahead the cause of all the fear could be heard.
Kaukana, kaukana edessä kuului kaiken pelon syy.
The muffled beat of drums was now faintly audible.
Rumpujen vaimea jyskytys kuului nyt heikosti.
At times the wind shifted and revealed different sounds.
Tuuli käänsi suuntaa ja toi mukanaan erilaisia ääniä.
Curdling shrieks were audible at infrequent intervals.
Hidastelevia kirkaisuja kuului harvakseltaan.
A reddish glare seemed to filter through the undergrowth.
Punertava valo näytti suodattuvan aluskasvillisuuden läpi.
The settlers were reluctant to be left alone again.
Uudisasukkaat eivät halunneet jäädä taas yksin.
But they point blank refused to move forwards either.
Mutta he kieltäytyivät suoraan jatkamasta eteenpäin.
So the inspector and his colleagues plunged on unguided.

Niinpä tarkastaja ja hänen kollegansa jatkoivat matkaansa
ilman ohjausta.
And they went into the black arcades of horror.
Ja he astuivat kauhun mustiin pelihalleihin.
The region was one of traditionally evil repute.
Alue oli perinteisesti pahamaineinen.
The lands were substantially unknown by white men.
Maat olivat valkoisille miehille lähes tuntemattomia.
Not many explorers had traversed those regions yet.
Harva tutkimusmatkailija oli vielä kulkenut noiden seutujen
läpi.
There were also legends of a hidden away lake.
Oli myös legendoja piilotetusta järvestä.
A body of water still unglimpsed by mortal sight.
Vesistö, jota kuolevainen katse ei vieläkään näe .
In the lake it was said there dwelt a strange creature.
Järvessä sanottiin asuvan outo olento.
A huge, formless white polypous thing with luminous eye.
Valtava, muodoton valkoinen polyyppiolento , jolla on
hohtava silmä.
And settlers whispered about bat-winged devils.
Ja uudisasukkaat kuiskivat lepakkosiipisistä paholaisista.
They flew up out of caverns from the inner earth.
Ne lensivät ylös luolista maan sisältä.
And together the demons worship it at midnight.
Ja yhdessä demonit palvovat sitä keskiyöllä.
They said it had been there before D'Iberville.
He sanoivat sen olleen siellä ennen D'Ibervilleä.
They said it had been there before La Salle too.
He sanoivat, että se oli ollut siellä ennen La Salleakin.
They said it was there before the Native Americans.
He sanoivat, että se oli siellä ennen Amerikan
alkuperäiskansoja.
Perhaps it was even there before the wholesome beasts.
Ehkä se oli siellä jo ennen tervejärkisiä eläimiä.
It was a nightmare itself that made men dream.
Se oli itse painajainen, joka sai miehet unelmoimaan.

And to see the thing was the same as death.
Ja sen näkeminen oli sama kuin kuolema.
And so they had enough warning to know to keep away.
Ja niin heillä oli tarpeeksi varoitusta pysyäkseen loitolla.
Because it was indeed where they were warned it was.
Koska heitä todellakin varoitettiin siellä olevan.
The voodoo orgy was on the fringe of this abhorred area.
Voodoo-orgiat olivat tämän inhotun alueen laitamilla.
But the location was already bad enough by itself.
Mutta sijainti oli jo itsessään tarpeeksi huono.
The voodoo activities only added to the horror.
Voodoo-aktiviteetit vain lisäsivät kauhua.
Perhaps poetry could do justice to the noises heard.
Ehkä runous voisi tehdä oikeutta kuulluille äänille.
Otherwise only madness would help one understand.
Muuten vain hulluus auttaisi ymmärtämään.
But Legrasse's plowed on through the black morass.
Mutta Legrasse on jatkanut matkaansa mustan suon läpi.
The sound of the muffled drumming slowly crystalized.
Vaimean rumpujen äänen sävy kiteytyi hitaasti.
And they continued steadily towards the red glare.
Ja he jatkoivat tasaisesti kohti punaista loistoa.

***

There are vocal qualities specific to men.
Miehille on ominaisia äänellisiä ominaisuuksia.
And there are vocal qualities specific to beasts.
Ja on olemassa pedoille ominaisia äänellisiä ominaisuuksia.
It is terrible when one makes the sounds of the other.
On kamalaa, kun toinen ääntelee toisensa ääniä.
Animal fury freed them of their human restraint.
Eläinten raivo vapautti heidät inhimillisestä
pidättyvyydestään.
Orgiastic license whipped them into demoniac heights.
Orgiastinen vapaus ruoski heidät demonisiin korkeuksiin.
Howls that tore through those perpetually dark woods.

Ulvontaa, joka repi läpi noiden ikuisesti pimeiden metsien.
Squawking ecstasies that echoed in everyone's mind.
Riemuitsevia ekstaaseja, jotka kaikuivat kaikkien mielissä.
Sounds like pestilential tempests from the gulfs of hell.
Kuulostaa helvetin syövereiltä myrskyiltä.
Now and then the less organized ululations would cease.
Ajoittain vähemmän järjestetyt ulvontahuudot lakkasivat.
A well-drilled chorus of hoarse voices rose in singsong.
Käheiden äänten hyvin harjoiteltu kuoro nousi laulamaan.
And they chanted that hideous phrase of their ritual.
Ja he lauloivat tuota hirvittävää rituaalinsa lausetta.
"Ph'nglui mglw'nafh Cthulhu R'lyeh wgah'nagl fhtagn"
" Ph'nglui Cthulhu R'lyeh wgah'nagl fhtagn "
Then the men reached a spot where the trees were sparser.
Sitten miehet saapuivat paikkaan, jossa puita oli harvassa.
Suddenly they come in sight of the spectacle itself.
Yhtäkkiä he tulevat itse spektaakkelin näköpiiriin.
Four of them reeled from the horrible things they saw.
Neljä heistä vapisi näkemistään kauheuksista.
One man fainted, and two were shaken into a frantic cry.
Yksi mies pyörtyi ja kaksi purskahti raivokkaaseen huutoon.
Fortunately their screams were not heard by other ears.
Onneksi heidän huutonsa eivät kantautuneet muiden korviin.
The mad cacophony of the orgy deadened their screams.
Orgioiden hullu kakofonia vaimensi heidän huutonsa.
Legrasse splashed swamp water on the fainting man.
Legrasse roiski suovettä pyörtyvän miehen päälle.
They stood up again, but nearly hypnotized with horror.
He nousivat taas seisomaan, mutta lähes hypnotisoituneina
kauhusta.
In a natural glade of the swamp stood a grassy island.
Suon luonnonaukiolla seisoi ruohoinen saari.
The grassy island extended perhaps for an acre.
Ruohosaari ulottui kenties eekkerin verran.
And the area was clear of trees and tolerably dry.
Ja alue oli puuton ja siedettävän kuiva.
A horde of human abnormality leaped and twisted.

Lauma epänormaaleja ihmisiä hyppi ja vääntyi.
No Sime could paint what the men were seeing.
Yksikään Sime ei osannut maalata sitä, mitä miehet näkivät.
No Angarola has ever painted such an indescribable scene.
Yksikään Angarola ei ole koskaan maalannut niin
sanoinkuvaamatonta näkymää.
The hybrid spawn made a monstrous ring-shaped bonfire.
Hybridi-kutu teki hirviömäisen renkaanmuotoisen nuotion.
They brayed bellowed and writhed about in their nudity.
Ne ulvoivat, karjuivat ja kiemurtelivat alastomuudessaan.
Occasionally there were rifts in the curtain of flame.
Liekkiverhossa oli ajoittain halkeamia.
And there the object of their worship revealed itself.
Ja siellä heidän palvonnan kohde paljastui.
In the midst of the fire stood a great granite monolith.
Tulen keskellä seisoi suuri graniittinen monoliitti.
The stone structure was only about eight feet in height.
Kivirakennelma oli vain noin kahdeksan jalkaa korkea.
And the noxious carven statuette rested on the monolith.
Ja myrkyllinen veistetty patsas lepäsi monoliitilla.
The idle was almost incongruous in its diminutiveness.
Joutilas kulku oli pienikokoisuudessaan lähes sopimatonta.
Spaced evenly, scaffolds had been erected around the fire.
Palon ympärille oli pystytetty tasaisin välein telineitä.
From the scaffolding hung a number of marred bodies.
Rakennustelineiltä roikkui useita ruhjoutuneita ruumiita.
The bodies of those that had disappeared from nearby.
Lähistöltä kadonneiden ruumiit.
It was inside this circle the ring of worshipers were.
olivat palvojien kehä .
And they roared and jumped in the frantic trance.
Ja ne karjuivat ja hyppivät kiihkeässä transsissa.
The general direction of the motion was anti-clockwise.
Liikkeen yleinen suunta oli vastapäivään.
The ring of bodies circling around the ring of fire.
Ruumiiden rengas kiertää tulirenkaan ympärillä.
One man recollected other details even more concerning.

Eräs mies muisti muita, vieläkin huolestuttavampia yksityiskohtia.
But perhaps the echoes induced him to hear other things.
Mutta kenties kaiut saivat hänet kuulemaan muutakin.
He fancied he heard antiphonal responses to the ritual.
Hän kuvitteli kuulevansa antifonisia vastauksia rituaaliin.
Noises from an unillumined spot deeper within the woods.
Ääniä kuuluu valaisemattomasta paikasta metsän syvyyksistä.
This man, Joseph D. Galvez, I later met and questioned.
Tämän miehen, Joseph D. Galvezin, tapasin myöhemmin ja kuulustelin häntä.
And he proved to indeed be distractingly imaginative.
Ja hän osoittautui todellakin häiritsevän mielikuvitukselliseksi.
He even hinted at the faint beating of great wings.
Hän jopa vihjasi suurten siipien vaimeaan suhinaan.
And he suggested there was a glimpse of shining eyes.
Ja hän vihjasi, että siellä oli vilaus loistavista silmistä.
And beyond the trees, a mountainous white bulk of something.
Ja puiden takana, jonkinlainen vuoristoinen valkoinen jykevä esine.
I suppose he had heard too much native superstition.
Oletan hänen kuulleensa liikaa alkuperäiskansojen taikauskoa.
But actually the horrified pause was relatively brief.
Mutta todellisuudessa kauhistuttava tauko oli suhteellisen lyhyt.
Duty came first, and they had come to do a job.
Velvollisuus oli ensin, ja he olivat tulleet tekemään työtä.

***

There must have been nearly a hundred mongrel celebrants.
Juhlijoita on täytynyt olla lähes sata sekarotuista.
But the police were able to rely on their firearms.
Mutta poliisi saattoi luottaa ampuma-aseisiinsa.
And they plunged determinedly into the nauseous rout.

Ja he syöksyivät päättäväisesti kuvottavaan pakoon.
For five minutes the chaotic din was beyond description.
Viiden minuutin ajan kaoottinen meteli oli sanoinkuvaamaton.
Wild blows were struck and shots were fired.
Villiä iskuja iski ja laukauksia ammuttiin.
Some escaped arrest by running into the darkness.
Jotkut pakenivat pidätykseltä juoksemalla pimeyteen.
They had a better knowledge of the layout of the swamp.
Heillä oli parempi tietämys suon asettelusta.
But Legrasse and his men caught around half of them.
Mutta Legrasse ja hänen miehensä saivat kiinni noin puolet heistä.
And they counted around forty-seven sullen prisoners.
Ja he laskivat noin neljäkymmentäseitsemän synkkää vankia.
They were forced to put on their clothes again.
Heidät pakotettiin pukemaan vaatteet uudelleen.
And they fell into line between two rows of policemen.
Ja he asettuivat kahden poliisirivin väliin.
Five of the worshipers lay dead by the fire.
Viisi palvojista makasi kuolleena tulen ääressä.
Two severely wounded prisoners were carried away.
Kaksi vakavasti haavoittunutta vankia vietiin pois.
Of course the image on the monolith was removed.
Monoliitin kuva tietenkin poistettiin.
Legrasse himself took the evidence to the police station.
Legrasse itse vei todisteet poliisiasemalle.
The trip back to the headquarters was of intense strain.
Paluumatka päämajaan oli todella raskas.
The men were examined when they got back to civilization.
Miehet tutkittiin heidän palattuaan sivilisaation pariin.
The prisoners all proved to be men of a very low type.
Vangit osoittautuivat kaikki hyvin alhaisiksi miehiksi.
They were all mixed-blooded, and mentally aberrant.
He olivat kaikki sekaverisiä ja henkisesti poikkeavia.
Most were seamen by trade, or some similar professions.
Useimmat olivat ammatiltaan merimiehiä tai vastaavia.

Negroes and mulattoes were sprinkled among them.
Heidän joukkoonsa ripoteltiin neekereitä ja mulatteja.
But most seemed to be West Indians or Brava Portuguese.
Mutta useimmat näyttivät olevan länsi-intialaisia tai
bravaportugalilaisia.
They primarily came from the Cape Verde Islands.
He tulivat pääasiassa Kap Verden saarilta.
They gave the heterogeneous cult a coloring of voodooism.
He antoivat heterogeeniselle kultille voodooismin sävyn.
But there wasn't even a need to ask too many questions.
Mutta ei ollut edes tarvetta kysyä liikaa kysymyksiä.
The conclusion quickly became manifest by itself.
Johtopäätös tuli nopeasti itsestään selväksi.
Something far deeper than negro fetishism was involved.
Mukana oli jotakin paljon syvempää kuin neekerifetisismi.
Although ignorant, but their story was consistent.
Vaikka he olivat tietämättömiä, heidän tarinansa oli
johdonmukainen.
The creatures all spoke of the same central idea.
Kaikki olennot puhuivat samasta keskeisestä ajatuksesta.
They certainly all shared the same loathsome faith.
Heillä kaikilla oli varmasti sama vastenmielinen usko.
They worshiped, so they said, the great old ones.
He palvoivat, niin he sanoivat, vanhoja suuria.
The great old ones lived long before there were any men.
Vanhat suuret ihmiset elivät kauan ennen kuin ihmisiä oli
olemassa.
And they came to the young world out of the sky.
Ja he tulivat nuoreen maailmaan taivaasta.
Those old ones were now gone, they explained.
Nuo vanhat olivat nyt poissa, he selittivät.
They were now inside the earth and under the sea.
He olivat nyt maan alla ja meren alla.
But their dead bodies found ways to tell their secrets.
Mutta heidän kuolleet ruumiinsa löysivät keinon kertoa
salaisuutensa.
They whispered into the dreams of the first men.

He kuiskasivat ensimmäisten miesten uniin.
And the first men formed a cult which has never died.
Ja ensimmäiset miehet muodostivat kultin, joka ei ole koskaan kuollut.

***

The cult had always existed, and always would exist.
Kultti on aina ollut olemassa ja tulisi aina olemaan olemassa.
Their followers were hidden in wastes all over the world.
Heidän seuraajiaan piilotettiin autiomaihin ympäri maailmaa.
Their followers were in dark places explorers overlooked.
Heidän seuraajansa olivat pimeissä paikoissa, joita tutkimusmatkailijat eivät huomanneet.
And they would remain hidden until they were called.
Ja he pysyisivät piilossa, kunnes heidät kutsuttaisiin.
When the great priest Cthulhu rises again to the surface.
Kun suuri pappi Cthulhu nousee jälleen pintaan.
When Cthulhu brings the earth again beneath his sway.
Kun Cthulhu ottaa maan jälleen valtaansa.
When Cthulhu leaves from his dark house in the mighty city of R'lyeh.
Kun Cthulhu lähtee pimeästä talostaan mahtavassa R'lyehin kaupungissa .
Some day he was going call, when the stars were ready.
Jonain päivänä hän aikoi soittaa, kun tähdet olisivat valmiita.
And the secret cult will always be waiting to liberate him.
Ja salainen kultti odottaa aina päästäkseen vapauttamaan hänet.
Meanwhile, no more of his story must be told.
Samaan aikaan hänen tarinaansa ei saa enää kertoa.
There was a secret even torture could not extract.
Oli salaisuus, jota edes kidutus ei pystynyt paljastamaan.
Mankind was not alone among the conscious things of earth.
Ihmiskunta ei ollut ainoa maan tietoisten olentojen joukossa.
Because shapes came out of the dark to visit the faithful few.
Koska hahmoja tuli pimeydestä tapaamaan harvoja uskollisia.

But these were not the great old ones.
Mutta nämä eivät olleet niitä vanhoja suuria.
No man had ever seen the great old ones.
Kukaan ei ollut koskaan nähnyt noita vanhoja suuria.
The carven idol was of great Cthulhu.
Veistetty epäjumala oli suuresta Cthulhusta.
None could say whether the others were like him.
Kukaan ei osannut sanoa, olivatko muut hänen kaltaisiaan.
No one could read the old writing now.
Kukaan ei enää osannut lukea vanhoja kirjoituksia.
Instead, things were told by word of mouth.
Sen sijaan asiat kerrottiin suusanallisesti.
The chanted ritual was not the secret.
Laulottu rituaali ei ollut salaisuus.
The secret was never spoken aloud, only whispered.
Salaisuutta ei koskaan kerrottu ääneen, vain kuiskattu.
The chant meant one thing, and one thing alone:
Laulu tarkoitti vain yhtä asiaa, ja vain yhtä asiaa:
"In his house at R'lyeh dead Cthulhu waits dreaming."
"Talossaan R'lyehissä kuollut Cthulhu odottaa unissaan."
Only two of the prisoners were found sane enough to be hanged.
Vain kaksi vangeista todettiin riittävän järjissään hirtettäväksi.
The rest of them were committed to various institutions.
Loput heistä oli sijoitettu eri laitoksiin.
All denied to have taken any part in the ritual murders.
Kaikki kiistivät osallistuneensa rituaalimurhiin.
They said the killing had been done by something else.
He sanoivat, että murhan oli tehnyt jokin muu.
"The black-winged ones," the each insisted, separately.
"Mustasiipiset", jokainen väitti erikseen.
They had come to them from their immemorial meeting-place.
He olivat tulleet heidän luokseen heidän ikimuistoisesta kohtaamispaikastaan.
They had arisen out from the haunted woodlands.
He olivat nousseet esiin kummittelevista metsistä.

But the stories of mysterious allies were inconsistent.
Mutta salaperäisten liittolaisten tarinat olivat epäjohdonmukaisia.

***

What the police did extract came mainly from one man.
Poliisin selvittämät tiedot olivat peräisin pääasiassa yhdeltä mieheltä.
An immensely aged mestizo named Castro.
Valtavan ikäinen mestitso nimeltä Castro.
He claimed to have sailed to strange ports.
Hän väitti purjehtineensa outoihin satamiin.
And he said he had been to the mountains of China.
Ja hän sanoi käyneensä Kiinan vuorilla.
There he talked with undying leaders of the cult.
Siellä hän keskusteli kultin kuolemattomien johtajien kanssa.
Old Castro remembered bits of hideous legend.
Vanha Castro muisti osia kammottavasta legendasta.
His legends paled the speculations of theosophists.
Hänen legendansa kalpenivat teosofien spekulaatiot.
His stories made man seem like a recent creation.
Hänen tarinansa saivat ihmisen näyttämään äskettäin syntyneeltä luomukselta.
Even the world was transient in his account of things.
Maailmakin oli hänen käsityksessään ohimenevä.
There had been eons when other Things ruled on the earth.
Oli ollut aikoja, jolloin maan päällä hallitsivat muut asiat.
And they had had great cities here on the earth.
Ja heillä oli ollut suuria kaupunkeja täällä maan päällä.
The deathless Chinamen told him reserved secrets.
Kuolemattomat kiinalaiset kertoivat hänelle varaamiaan salaisuuksia.
He had told him their ruins could still be found.
Hän oli kertonut, että heidän rauniot voitaisiin yhä löytää.
There were still Cyclopean stones on islands in the Pacific.
Tyynenmeren saarilla oli edelleen kyklooppikiviä.

They all died vast epochs of time before man came.
He kaikki kuolivat valtavia aikoja ennen ihmisen syntyä.
But there were knowledges and practices in ancients arts.
Mutta antiikin taiteissa oli tietoa ja käytäntöjä.
Special rituals which could revive them again, in time.
Erityisiä rituaaleja, jotka voisivat ajan myötä herättää heidät
uudelleen henkiin.
In the cycle of eternity their return was inevitable.
Ikuisuuden kiertokulussa heidän paluunsa oli väistämätön.
When the stars come round again to the right positions
Kun tähdet kääntyvät taas oikeisiin asentoihin
They had, indeed themselves come from the stars.
He olivat itse asiassa tulleet tähdistä.
"These great old ones," Castro continued.
"Nämä vanhat mahtavat", Castro jatkoi.
They were not composed entirely of flesh and blood.
He eivät koostuneet kokonaan lihasta ja verestä.
They had shape," Castro insisted, confidently.
Niillä oli muotoa", Castro vakuutti itsevarmasti.
And he had strange proof for what he believed.
Ja hänellä oli outoja todisteita sille, mihin hän uskoi.
But the shape they took on was not made of matter.
Mutta niiden ottama muoto ei ollut materiasta tehty.
When the stars were in their right positions.
Kun tähdet olivat oikeilla paikoillaan.
Then they could plunge from one world to another.
Sitten he voisivat hypätä maailmasta toiseen.
Because they can move themselves through the sky.
Koska ne voivat liikkua taivaalla.
But when the stars were wrong, they cannot live.
Mutta kun tähdet olivat väärässä, ne eivät voi elää.
And it is true that they no longer live like we do.
Ja on totta, etteivät he enää elä kuten me.
But despite that, they never really die either.
Mutta siitä huolimatta ne eivät koskaan oikeasti kuole.
They rest in stone houses in their great city of R'lyeh.
He lepäävät kivitaloissa suuressa R'lyehin kaupungissaan .

They are preserved by the spells of mighty Cthulhu.
Ne säilyvät mahtavan Cthulhun loitsuilla.
So there they lie, unaffected by the passing of time.
Niin ne siinä makaavat, ajan kulumisen vaikutusten
ulottumattomissa.
And they wait for another glorious resurrection.
Ja he odottavat toista loistavaa ylösnousemusta.
When the stars and earth are ready for them again.
Kun tähdet ja maa ovat taas valmiita heitä varten.
But they are still dependent on an outside force.
Mutta ne ovat silti riippuvaisia ulkopuolisesta voimasta.
A force from outside served to liberate their bodies.
Ulkopuolinen voima vapautti heidän ruumiinsa.
The spells preserved them and kept them intact.
Loitsut säilyttivät ne ja pitivät ne ehjinä.
But the spells also kept them from breaking free.
Mutta loitsut estivät heitä myös pääsemästä vapaaksi.
So they could only lie awake in the dark and think.
Niinpä he saattoivat vain maata hereillä pimeässä ja ajatella.

***

In the meantime uncounted millions of years rolled by.
Sillä välin kului lukemattomia miljoonia vuosia.
They knew all that was occurring in the universe.
He tiesivät kaiken, mitä maailmankaikkeudessa tapahtui.
Because their mode of speech was transmitted thought.
Koska heidän puhetapansa välittyi ajatuksen kautta.
Even now they were talking in their tombs.
Vielä nytkin he puhuivat haudoissaan.
Then, after infinities of chaos, the first men came.
Sitten, loputtomien kaaosjaksojen jälkeen, ensimmäiset miehet
saapuivat.
The great old ones spoke to the sensitive among them.
Vanhat suuret puhuivat herkille keskuudessaan.
They spoke to them by molding their dreams.
He puhuivat heille muovaamalla heidän unelmiaan.

Only that way could their language reach the fleshly minds of mammals.

Vain sillä tavoin heidän kielensä saattoi tavoittaa nisäkkäiden lihalliset mielet.

Then, whispered Castro, those first men formed the cult.

Sitten, kuiskasi Castro, nuo ensimmäiset miehet muodostivat kultin.

They organized themselves around small idols.

He järjestäytyivät pienten epäjumalien ympärille.

The small idols which the great ones had shown them.

Pienet epäjumalat, joita suuret olivat heille näyttäneet.

Idols brought from dim eras from dark stars.

Synkkien tähtien synkistä aikakausista tuodut epäjumalat.

That cult would never die till the stars came right again.

Tuo kultti ei kuolisi ennen kuin tähdet palaisivat oikeaan asentoonsa.

The secret priests were going to take great Cthulhu from His tomb.

Salaiset papit aikoivat ottaa suuren Cthulhun pois hänen haudastaan.

And they were going to revive His subjects.

Ja he aikoivat herättää Hänen alamaisensa henkiin.

And then Cthulhu was going to resume His rule of earth.

Ja sitten Cthulhu aikoi jatkaa maan hallintaansa.

The right time was going to reveal itself quite clearly.

Oikea aika tulisi paljastamaan itsensä varsin selvästi.

At that time mankind will have become as the great old ones.

Siihen aikaan ihmiskunta on kuin vanhat suuret ihmiset.

They will be free and wild and beyond good and evil.

He ovat vapaita ja villejä ja hyvän ja pahan tuolla puolen.

Laws and morals are going to be thrown aside.

Lait ja moraali heitetään syrjään.

All men will be shouting and killing and reveling in joy.

Kaikki miehet huutavat ja tappavat ja riemuitsevat.

Then the liberated old ones will teach them the new ways.

Sitten vapautetut vanhat opettavat heille uudet tavat.

New ways to shout and kill and revel and enjoy.

Uusia tapoja huutaa ja tappaa ja riemuita ja nauttia.

And all the earth will flame with a holocaust of ecstasy and freedom.

Ja koko maa liekehtii ekstaasin ja vapauden holokaustista.

Meanwhile the cult had to practice the appropriate rites.

Samaan aikaan kultin oli harjoitettava asianmukaisia rituaaleja.

They had to keep alive the memory of those ancient ways.

Heidän täytyi pitää elossa muisto noista muinaisista tavoista.

And they had to shadow forth the prophecy of their return.

Ja heidän täytyi varjostaa paluunsa ennustusta.

In the elder time chosen men spoke with the entombed Old Ones.

Muinaisina aikoina valitut miehet puhuivat haudattujen Vanhojen kanssa.

The entombed Old Ones spoke to them in their dreams.

Haudatut Vanhat puhuivat heille unissaan.

But then something disturbed their means of communication.

Mutta sitten jokin häiritsi heidän kommunikointitapojaan.

The great stone in the city R'lyeh had sunk beneath the waves.

R'lyehin kaupungissa sijaitseva suuri kivi oli uponnut aaltojen alle.

And the monoliths and sepulchers were beneath the waters.

Ja monoliitit ja haudat olivat veden alla.

Deep waters full of the one primal mystery.

Syvät vedet täynnä yhtä alkuperäistä mysteeriä.

Waters through which not even thought can pass.

Vedet, joiden läpi edes ajatus ei voi kulkea.

Water that cut off their spectral communication.

Vesi, joka katkaisi heidän spektraalisen viestintänsä.

But the memory of the rites and rituals never died.

Mutta muisto riiteistä ja rituaaleista ei koskaan kuollut.

And high priests said that the city would rise again.

Ja ylipapit sanoivat, että kaupunki nousisi jälleen.

When the stars were right Cthulhu was going to return.
Kun tähdet olisivat oikeassa, Cthulhu palaisi.
The moldy black spirits of the earth will come out again.
Maan homeiset mustat henget tulevat jälleen esiin.
Shadowy black spirits full of dim rumors.
Varjoisia mustia henkiä täynnä hämäräperäisiä huhuja.

***

The spirits collected in caverns beneath forgotten sea-bottoms.
Henget kerääntyivät luoliin unohdettujen merenpohjien alle.
But of those spirits old Castro dared not speak much.
Mutta noista hengistä vanha Castro ei uskaltanut puhua paljon.
And he hurriedly cut himself off from the topic.
Ja hän kiireesti irtautui aiheesta.
No amount of persuasion could elicit more in this direction.
Mikään määrä suostuttelua ei voisi saada aikaan enempää tähän suuntaan.
No subtlety could convince him to speak of those spirits.
Mikään hienovaraisuus ei saanut häntä puhumaan noista hengistä.
The size of the old ones, too, he curiously declined to mention.
Myös vanhojen kokoa hän kummallisesti kieltäytyi mainitsemasta.
And of the cult he spoke very little too.
Ja kultista hän puhui myös hyvin vähän.
He thought the center lay amid the pathless deserts of Arabia.
Hän luuli keskuksen sijaitsevan Arabian poluttomien aavikoiden keskellä.
There in Irem, the City of Pillars, dreams hidden and untouched.
Siellä Iremissä, Pilarien kaupungissa, unelmat ovat piilossa ja koskemattomina.

This cult was not allied to the European witch-cult.
Tämä kultti ei ollut liittolainen eurooppalaisen noitakultin kanssa.
And the cult was virtually unknown beyond its members.
Ja kultti oli käytännössä tuntematon jäsentensä ulkopuolella.
No book had ever really hinted of their knowledge.
Mikään kirja ei ollut koskaan todellisuudessa vihjannut heidän tietämyksestään.
Though the deathless Chinamen said the mad Arab Abdul Alhazred came close.
Vaikka kuolemattomat kiinalaiset sanoivat, että hullu arabi Abdul Alhazred oli lähellä.
He said that there were double meanings in his Necronomicon.
Hän sanoi, että hänen Necronomiconissaan oli kaksoismerkityksiä.
The initiated were free to read it if they wanted to.
Vihityt saivat lukea sen vapaasti, jos halusivat.
And they should pay attention to one couplet in particular.
Ja heidän tulisi kiinnittää huomiota erityisesti yhteen säkeeseen.
"That which is not dead can sleep for eternity,"
"Se, mikä ei ole kuollut, voi nukkua ikuisesti"
"And with strange eons even death may die."
"Ja outojen aikojen myötä jopa kuolema voi kuolla."
Legrasse had been deeply impressed by what he heard.
Legrasse oli ollut syvästi vaikuttunut kuulemastaan.
And he was not a little bewildered by the tale.
Eikä hän ollut kertomuksesta hieman hämmentynyt.
He inquired in vain about the historic affiliations of the cult.
Hän tiedusteli turhaan kultin historiallisista yhteyksistä.
Castro, apparently, had told the truth about the oath of secrecy.
Castro oli ilmeisesti kertonut totuuden salassapitovalasta.
The authorities at Tulane University could not offer much help either.

Tulanen yliopiston viranomaisetkaan eivät voineet tarjota
paljon apua.
**The were not able to shed no light upon neither cult, nor the
image.**
He eivät kyenneet valaisemaan kulttia eivätkä kuvaa.
**And now the detective had come to the highest authorities in
the country.**
Ja nyt etsivä oli tullut maan korkeimpien viranomaisten
luokse.
**And he heard none other than Professor Webb' tale in
Greenland.**
Ja hän kuuli Grönlannissa vain professori Webbin tarinan.

***

Legrasse's tale aroused feverish interest at the meeting.
Legrassen kertomus herätti kuumeista kiinnostusta
kokouksessa.
The story was not only significant in its implications.
Tarina ei ollut merkittävä vain seurauksiltaan.
But the story was also corroborated by the statuette.
Mutta tarinaa vahvisti myös patsas.
The excitement echoed in the subsequent correspondence.
Jännitys kaikui myöhemmässä kirjeenvaihdossa.
Those who attended stayed in close contact with each other.
Osallistujat pitivät tiiviissä yhteydessä toisiinsa.
Although scant mention occurs in the formal publications.
Vaikka virallisissa julkaisuissa mainitaankin niukasti.
Caution is the first care of those accustomed to charlatanry.
Varovaisuus on niiden ensimmäinen huolenaihe, jotka ovat
tottuneet huijaamiseen.
Impostures are kept out as much as it is possible.
Huijaukset pidetään loitolla niin paljon kuin mahdollista.
Legrasse for some time lent the image to Professor Webb.
Legrasse lainasi kuvaa jonkin aikaa professori Webbille.
But at the latter's death the image was returned to him.
Mutta jälkimmäisen kuoltua kuva palautettiin hänelle.

And the image remains in Legrasse's possession.
Ja kuva pysyy Legrassen hallussa.
This is where I viewed the terrible image not long ago.
Näin tässä kamalan kuvan jokin aika sitten.
The image is unmistakably akin to Wilcox' dream-sculpture.
Kuva on kiistatta samanlainen kuin Wilcoxin unelmaveistos.
It was no wonder my uncle was so excited by his tale.
Ei ihme, että setäni oli niin innoissaan hänen kertomuksestaan.
And I'm not surprised he made the efforts he made.
Eikä minua ihmettele, että hän näki vaivaa.
He had heard everything Legrasse knew of the cult.
Hän oli kuullut kaiken, mitä Legrasse tiesi kultista.
And the strange cultish dreams of a sensitive young man.
Ja herkän nuoren miehen oudot kulttiunet.
The bas-relief just like the one from the swamp.
Bareljeefi aivan samanlainen kuin suolla oleva.
The addition of the devil tablet in Greenland.
Paholaisen tabletin lisääminen Grönlantiin.
The exact same words used in three remote occurrences.
Täsmälleen samat sanat käytettiin kolmessa etäisessä
tapauksessa.
The Eskimo diabolists, the mongrels in Louisiana, and then
Wilcox.
Eskimo-pirunistit, Louisianan sekarotuiset ja sitten Wilcox.
What other conclusion could one possibly have come to?
Mihin muuhun johtopäätökseen olisi voinut tulla?
It's only natural Professor Angel pursued this conclusion.
On aivan luonnollista, että professori Angel päätyi tähän
johtopäätökseen.
And I wouldn't have expected him to be less thorough.
Enkä olisi odottanutkaan hänen olevan vähemmän
perusteellinen.
My great-uncle was a man of principled academic rigor.
Isosetäni oli periaatteellisen akateemisen kurin mies.
Though privately I also had other plausible theories.
Vaikka yksityisesti minulla oli myös muita uskottavia
teorioita.

I suspected young Wilcox of having heard of the cult.
Epäilin nuoren Wilcoxin kuulleen kultista.
Maybe he had heard of the cult in some indirect way.
Ehkä hän oli kuullut kultista jollain epäsuoralla tavalla.
He could easily have invented a series of dreams.
Hän olisi helposti voinut keksiä sarjan unia.
That way he could heighten and continue the mystery.
Näin hän voisi syventää ja syventää mysteeriä.
The dream-narratives and cuttings collected did of course corroborate.
Kerätyt unikertomukset ja leikkeet toki vahvistivat tämän.
But the rationalism of my mind had not yet been satisfied.
Mutta mieleni rationaalisuus ei ollut vielä tyydytetty.
Coincidences can form highly believable illusions too.
Sattumatkin voivat luoda erittäin uskottavia illuusioita.
And we have to bear in mind the extravagance of the whole subject.
Ja meidän on pidettävä mielessä koko aiheen ylenpalttisuus.
So I was led to adopt what I thought the most sensible conclusions.
Niinpä minut pakotettiin tekemään mielestäni järkevimmät johtopäätökset.
I thoroughly studied the manuscript from the beginning.
Tutkin käsikirjoituksen perusteellisesti alusta asti.
And I correlated the theosophical and anthropological notes.
Ja korreloin teosofiset ja antropologiset muistiinpanot.
I compared the literature with the cult narrative of Legrasse.
Legrassen kulttikertomukseen .
I made a trip to Providence to see the sculptor.
Tein matkan Providenceen tapaamaan kuvanveistäjää.
And I intended to give him the rebuke I thought proper.
Ja aioin antaa hänelle nuhteen, jonka katsoin sopivaksi.
There must be consequences, I felt, for the trick he played.
Minusta tuntui, että hänen tempullaan täytyi olla seuraukset.
He had boldly imposed himself upon a learned and aged man.
Hän oli rohkeasti asettunut oppineen ja iäkkään miehen eteen.

***

Wilcox still lived alone where my uncle had met him.
Wilcox asui yhä yksin paikassa, jossa setäni oli hänet
tavannut.
In the Fleur-de-Lys Building in Thomas Street.
Fleur-de-Lys-rakennuksessa Thomas Streetillä.
**A hideous Victorian imitation of Seventeenth Century
Breton architecture.**
Hirvittävä viktoriaaninen jäljitelmä 1600-luvun
bretagnelaisesta arkkitehtuurista.
**The building flaunted its stuccoed front amidst its
surroundings.**
Rakennus koristi stukkokoristettua julkisivuaan ympäristönsä
keskellä.
There were lovely Colonial houses on the ancient hill.
Muinaisella kukkulalla oli viehättäviä siirtomaa-ajan taloja.
**And the house stood under the shadow of the finest
Georgian steeple in America.**
Ja talo seisoi Amerikan hienoimman georgiaanisen tornin
varjossa.
I found him at work in his rooms, among his sculptures.
Löysin hänet työskennellessään huoneissaan, veistostensa
keskellä.
The specimens scattered came from a very unique mind.
Hajallaan olevat näytteet olivat peräisin hyvin ainutlaatuisesta
mielestä.
**At once I conceded that his genius is indeed profound and
authentic.**
Myönsin heti, että hänen neroutensa on todella syvällistä ja
aitoa.
**He has crystallized in clay that which Arthur Machen evokes
in prose.**
Hän on kiteyttänyt saveen sen, minkä Arthur Machen tuo
mieleen proosassa.

He mirrored in marble the nightmares Clark Ashton Smith
put to canvas.
Hän peilasi marmoriin Clark Ashton Smithin kankaalle
piirtämät painajaiset.
He will, I believe, be spoken of one day as one of the great
decadents.
Uskon, että hänestä tullaan jonain päivänä puhumaan yhtenä
suurista dekadenteista.
He was dark, frail, and somewhat unkempt in aspect.
Hän oli tumma, hauras ja ulkonäöltään hieman hoitamaton.
He turned languidly at my knock on his door.
Hän kääntyi laiskasti kuullessaan koputukseni ovelle.
He didn't rise from his seat when I came in.
Hän ei noussut istuimeltaan, kun tulin sisään.
And he asked me what the purpose of my visit was.
Ja hän kysyi minulta, mikä oli vierailuni tarkoitus.
When I told him who I was his interest was piqued.
Kun kerroin hänelle kuka olen, hänen kiinnostuksensa heräsi.
My uncle had excited his curiosity by probing his strange
dreams.
Setäni oli herättänyt hänen uteliaisuuttaan tutkimalla hänen
outoja uniaan.
Although he had never explained the reason for the study.
Vaikka hän ei ollut koskaan selittänyt tutkimuksen syytä.
I did not enlarge his knowledge in this regard.
En laajentanut hänen tietämystään tässä asiassa.
But I sought with some subtlety to gain his confidence.
Mutta yritin hieman hienovaraisesti ansaita hänen
luottamuksensa.
In a short time I became convinced of his absolute sincerity.
Lyhyessä ajassa vakuutuin hänen ehdottomasta
vilpittömyydestään.
He spoke of the dreams in a manner none could mistake.
Hän puhui unista tavalla, josta kukaan ei voinut erehtyä.
His dreams' subconscious residuum had influenced his art
profoundly.

Hänen unelmiensa alitajuntainen jäänne oli vaikuttanut
syvästi hänen taiteeseensa.

**He showed me a morbid statue of the likes I had never seen
before.**

Hän näytti minulle synkän patsaan, jollaista en ollut koskaan
ennen nähnyt.

The statue's contours almost made me shake with fear.

Patsaan ääriviivat melkein saivat minut tärisemään pelosta.

**The potency of the statue's black suggestion was
overbearing.**

Patsaan mustan vihjauksen voima oli hallitseva.

He could not recall having seen the original of this thing.

Hän ei muistanut nähneensä tämän alkuperäistä versiota.

But the statue was inspired by his own dream bas-relief.

Mutta patsas oli saanut inspiraationsa hänen omasta
unelmabareljeefistään.

**The outlines had formed themselves insensibly under his
hands.**

Ääriviivat olivat muodostuneet huomaamattomasti hänen
käsiensä alla.

**It was, no doubt, the giant shape he had raved of in
delirium.**

Se oli epäilemättä sama jättimäinen hahmo, josta hän oli
houreissaan höpissyt.

**That he really knew nothing of the hidden cult he soon
made clear.**

Että hän ei todellisuudessa tiennyt mitään salaisesta kultista,
hän teki pian selväksi.

**Only my uncle's relentless catechism had given him some
clues,**

Vain setäni hellittämätön katekismus oli antanut hänelle
joitakin vihjeitä,

And again I strove to explain the obvious conclusions away.

Ja jälleen yritin selittää ilmeiset johtopäätökset pois.

**How he could possibly have received the weird
impressions?**

Miten hän on voinut saada noin oudot vaikutelmat?

He talked of his dreams in a strangely poetic fashion.
Hän puhui unistaan omituisen runolliseen tyyliin.
He made me see with terrible vividness the vistas of his dream.
Hän sai minut näkemään kauhistuttavan elävästi unensa maisemat.
The damp Cyclopean city of slimy green stone.
Kostea, vihreästä, limaisesta kivestä tehty kyklooppikaupunki.
The geometry he oddly said, was all wrong.
Geometria, hän kummallisesti sanoi, oli aivan väärin.
And he spoke of what he heard with frightened expectancy.
Ja hän puhui kuulemastaan pelokkaan odotuksen vallassa.
The ceaseless, half-mental calling from underground:
Lakkaamaton, puoliksi henkinen kutsu maan alta:
"Cthulhu fhtagn... Cthulhu fhtagn"
"Cthulhu -lyhty ... Cthulhu -lyhty "
These words had formed part of that dreaded ritual.
Nämä sanat olivat olleet osa tuota pelättyä rituaalia.
The ritual the told of dead Cthulhu's dream-vigil.
Rituaali, josta kerrottiin kuolleen Cthulhun univalvomisesta.
The ritual that told of his stone vault at R'lyeh.
Rituaali, joka kertoi hänen kiviholvistaan R'lyehissä .
And I felt deeply moved, despite my rational beliefs.
Ja liikutuin syvästi, järkeenkäyvistä uskomuksistani huolimatta.
Wilcox, I was sure, had heard of the cult in some casual way.
Olin varma, että Wilcox oli kuullut kultista jollain sattumalta.
He spent his time in a mass of equally weird literature.
Hän vietti aikansa yhtä omituisen kirjallisuuden parissa.
He must have forgotten the source of his knowledge.
Hänen on täytynyt unohtaa tietonsa lähde.
Later the cult had found subconscious expression in his dreams.
Myöhemmin kultti oli löytänyt alitajunnan ilmentymän hänen unissaan.
But this is natural when stories are so impressive.
Mutta tämä on luonnollista, kun tarinat ovat niin vaikuttavia.

Finally the cult's ideas manifested themselves in the bas-relief.

Lopulta kultin ajatukset ilmenivät bareljeefissä.

And now the subject of the cult manifested itself in the terrible statue.

Ja nyt kultin kohde ilmeni kauheassa patsaassa.

I was convinced his imposture upon my uncle had been very innocent.

Olin vakuuttunut siitä, että hänen petoksensa setääni kohtaan oli ollut täysin viaton.

He both slightly affected, and slightly ill-mannered.

Hän oli sekä hieman teeskentelijä että hieman huonokäytöksinen.

He had a disposition which I could never like.

Hänellä oli luonne, josta en koskaan voisi pitää.

But I was willing enough now to admit his genius.

Mutta olin nyt tarpeeksi halukas myöntämään hänen neroutensa.

And I have no way of denying his honesty either.

Eikä minulla ole mitään keinoa kiistää hänen rehellisyyttään.

Despite my initial feelings, I took leave of him amicably.

Alkuperäisistä tunteistani huolimatta jätin hänet hyvästit sopuisasti.

And I wish him all the success his talent promises.

Ja toivotan hänelle kaikkea menestystä, mitä hänen lahjakkuutensa lupaa.

***

The matter of the cult continued to fascinate me.

Kultin asia kiehtoi minua edelleen.

At times I had visions of the personal fame I could attain.

Toisinaan minulla oli näkyjä henkilökohtaisesta kuuluisuudesta, jonka voisin saavuttaa.

I visited New Orleans and talked with Legrasse.

Kävin New Orleansissa ja keskustelin Legrassen kanssa .

And I spoke with other policemen of that swamp raid.

Ja puhuin muiden poliisien kanssa tuosta suoiskusta.
I saw the frightful image with my own eyes.
Näin omin silmin tuon kauhistuttavan kuvan.
And I even questioned some of the surviving mongrel prisoners.
Ja kuulustelin jopa joitakin eloonjääneitä sekarotuisia vankeja.
Old Castro, unfortunately, had been dead for some years.
Vanha Castro oli valitettavasti ollut kuolleena jo joitakin vuosia.
What I now heard so graphically at first hand excited me afresh.
Se, mitä nyt kuulin niin havainnollisesti omin silmin, innosti minua uudelleen.
Though it was really no more than a detailed confirmation.
Vaikka se ei oikeastaan ollutkaan muuta kuin yksityiskohtainen vahvistus.
What they told me I had already read in my uncle's notes.
Olin jo lukenut setäni muistiinpanoista, mitä he minulle kertoivat.
I felt sure that I was on the track of a very real secret.
Olin varma, että olin todellisen salaisuuden jäljillä.
And I was sure I was going to discover a very ancient religion.
Ja olin varma, että löytäisin hyvin ikivanhan uskonnon.
The discovery would make me an anthropologist of note.
Löytö tekisi minusta merkittävän antropologin.
My attitude was still one of absolute rational materialism.
Asenteeni oli edelleen ehdottoman rationaalinen materialismi.
And I wish my attitude to the subject matter had not changed.
Ja toivoisin, ettei suhtautumiseni aiheeseen olisi muuttunut.
I discounted with almost inexplicable perversity the coincidences.
Lähes selittämättömällä perverssiteetillä jätin huomiotta sattumat.
The dream notes and odd cuttings collected by Professor Angell.

Professori Angellin keräämät unimuistiinpanot ja oudot
pistokkaat.
**One thing I began to doubt was the cause of my uncle's
death.**
Yksi asia, jota aloin epäillä, oli setäni kuolinsyy.
I began to suspect his death was far from natural.
Aloin epäillä, että hänen kuolemansa oli kaikkea muuta kuin
luonnollinen.
And I now fear I know my uncle's death was not natural.
Ja nyt pelkään tietäväni, ettei setäni kuolema ollut
luonnollinen.
It was on a narrow hill street where he fell.
Hän putosi kapealla mäenrinteellä.
The street lead up from the ancient waterfront.
Katu johti ylös muinaiselta rantakadulta.
The port-town swarms with foreign mongrels.
Satamakaupunki kuhisee ulkomaalaisia sekarotuisia koiria.
He fell after a careless push from a negro sailor.
Hän kaatui mustan merimiehen huolimattoman työnnön
jälkeen.
**I had not forgotten the mixed blood of the cult-members in
Louisiana.**
En ollut unohtanut Louisianan kultin jäsenten sekoittunutta
verta.
I had not forgotten the sailors in the voodoo orgy.
En ollut unohtanut merimiehiä voodoo-orgioissa.
**And would not be surprised to learn that they had other
knowledge too.**
Eikä olisi yllättynyt, jos he tietäisivät, että heillä on muutakin
tietoa.
Secret methods as anciently known as the cryptic rites.
Salaiset menetelmät, jotka muinoin tunnettiin kryptisinä
rituaaleina.
Poison needles as ruthless their demonic beliefs.
Myrkkyneulat ovat yhtä armottomia kuin heidän demoniset
uskomuksensa.
Legrasse and his men, it is true, have been let alone.

Legrasse ja hänen miehensä, on totta, jätetty rauhaan.

But in Norway a certain seaman who saw things is dead.

Mutta Norjassa muuan merimies, joka näki asioita, on kuollut.

Might not sinister ears have picked up my uncle's interest in the sculptor?

Eivätkö pahaenteiset korvat ehkä ole huomanneet setäni kiinnostuksen kuvanveistäjään?

Might not the deeper inquiries of my uncle have drawn someone's attention?

Eivätkö setäni syvällisemmät kysymykset olisi ehkä herättäneet jonkun huomiota?

I think Professor Angell died because he knew too much.

Luulen, että professori Angell kuoli, koska hän tiesi liikaa.

Or he died because he was likely to learn too much.

Tai hän kuoli, koska hän todennäköisesti oppi liikaa.

Whether I shall go out as he did remains to be seen.

Jää nähtäväksi, menenkö ulos kuten hän.

Because I too have learned much about Cthulhu.

Koska minäkin olen oppinut paljon Cthulhusta.

The Madness from the Sea
Meren hulluus

There is one great boon heaven could grant me.
Taivas voisi minulle suoda yhden suuren siunauksen.
The total effacing of the results of a mere chance.
Pelkän sattuman seurausten täydellinen pyyhkiminen pois.
I wish I had never seen that stray piece of paper.
Kunpa en olisi koskaan nähnyt tuota irtonaista paperinpalaa.
My daily routine would normally not have taken me there.
Päivittäinen rutiinini ei normaalisti olisi vienyt minua sinne.
On any other day I would not have noticed anything.
Toisena päivänä en olisi huomannut mitään.
It was an old number of an Australian journal.
Se oli vanha numero australialaisesta aikakauslehdestä.
The Sydney Bulletin for April 18, 1925
Sydney Bulletin 18. huhtikuuta 1925
The paper had even slipped past the cutting bureau.
Paperi oli jopa livahtanut leikkauspöydän ohi.
I had largely given over my inquiries to a friend.
Olin pitkälti luovuttanut kyselyni ystävälleni.
He had taken on the work of most of the research.
Hän oli ottanut hoitaakseen suurimman osan tutkimustyöstä.
He had come to refer to the group as the "Cthulhu Cult".
Hän oli alkanut kutsua ryhmää "Cthulhu-kultiksi".
I was visiting my learned friend of Paterson, New Jersey.
Olin kylässä oppineen ystäväni luona Patersonissa, New
Jerseyssä.
The curator of a local museum, and a mineralogist of note.
Paikallisen museon kuraattori ja merkittävä mineralogi.
While at his museum I had access to the reserved specimens.
Hänen museossaan ollessani minulla oli pääsy varattuihin
näytteisiin.
And this is when an odd picture caught my attention.
Ja tässä vaiheessa outo kuva kiinnitti huomioni.
Beneath one of the stones was the Sydney Bulletin I
mentioned.

Yhden kiven alla oli mainitsemani Sydney Bulletin.
My friend has wide affiliations in all conceivable foreign lands.
Ystävälläni on laajat siteet kaikissa kuviteltavissa olevissa ulkomailla.
The picture was a half-tone cut of a hideous stone image.
Kuva oli puolisävyleikattu kuva hirvittävästä kivipatsaasta.
Almost identical with the stone Legrasse had found in the swamp.
Lähes identtinen kiven kanssa, jonka Legrasse oli löytänyt suosta.
Eagerly I read the article for its precious contents.
Luin artikkelin innokkaasti sen arvokkaan sisällön vuoksi.
But I was disappointed to find that it was just a short article.
Mutta olin pettynyt huomatessani, että se oli vain lyhyt artikkeli.
Although brief, the information was of portentous significance.
Vaikka tiedot olivat lyhyitä, ne olivat erittäin merkittäviä.

***

"MYSTERY DERELICT FOUND AT SEA"
"MERELTÄ LÖYDETTY SALAINEN HYLÄTTY"
Vigilant Arrives With Helpless Armed New Zealand Yacht in Tow.
Valppaana saapuu avuttoman aseistetun uusiseelantilaisen jahdin kanssa hinauksessaan.
One Survivor and one Dead Man Found Aboard.
Yksi eloonjäänyt ja yksi kuollut mies löytyivät kyydistä.
Tale of Desperate Battle and Deaths at Sea.
Kertomus epätoivoisesta taistelusta ja kuolemista merellä.
Rescued Seaman Refuses Particulars of Strange Experience.
Pelastettu merimies kieltäytyy kertomasta outoa kokemustaan.
Odd Idol Found in His Possession, Inquiry to Follow.
Outo idoli löytyi hänen hallustaan, tutkimus jatkuu.

The Alert of Dunedin yacht, N.Z., had been disabled in battle.
Alert of Dunedin -jahti Uudessa-Seelannissa oli vaurioitunut taistelussa.
Previously the ship had left from Valparaiso on March 25th.
Aiemmin laiva oli lähtenyt Valparaisosta 25. maaliskuuta.
On April 2nd the ship was driven considerably south of her course.
Huhtikuun 2. päivänä laiva ajautui huomattavasti etelään kurssistaan.
Exceptionally heavy storms had redirected the ship.
Poikkeuksellisen raju myrsky oli muuttanut laivan suuntaa.
Monster waves forced the ship to take a different route.
Hirviömäiset aallot pakottivat laivan valitsemaan toisen reitin.
On April 12th the ship was sighted by another ship.
Toinen alus havaitsi aluksen 12. huhtikuuta.
Latitude 34° 21', Longitude 152° 17'
Leveysaste 34° 21', pituusaste 152° 17'
Initially they thought the ship had been deserted.
Aluksi he luulivat laivan olevan hylätty.
But one still living man had been found on board.
Mutta laivasta oli löydetty yksi elossa oleva mies.
This lone survivor was in a half-delirious condition.
Tämä ainoa eloonjäänyt oli puoliksi sekavassa tilassa.
The only other victim found was a man already dead a week.
Ainoa muu löydetty uhri oli mies, joka oli kuollut jo viikko sitten.
Now the heavily armed steam yacht was being towed.
Nyt raskaasti aseistettua höyryjahtia hinattiin.
And this morning the ship was coming in to its wharf.
Ja tänä aamuna laiva oli tulossa laituriinsa.
The living man was clutching a horrible stone idol.
Elävä mies puristi kamalaa kivistä epäjumalaa.
The stone idol was about a foot in height.
Kivinen idoli oli noin jalan korkuinen.
And the origins of the stone were completely unknown.
Ja kiven alkuperä oli täysin tuntematon.

Authorities at Sydney university were baffled.
Sydneyn yliopiston viranomaiset olivat hämmentyneitä.
The Royal Society couldn't offer information about the idol.
Kuninkaallinen seura ei voinut antaa tietoja patsaasta.
And the Museum in College street had no insights either.
Eikä College Streetillä sijaitsevalla museollakaan ollut mitään näkemyksiä.
The survivor says he found the stone in the cabin of the yacht.
Selviytyjä kertoo löytäneensä kiven jahdin hytistä.
Allegedly the idol was in a small carved shrine.
Väitetään, että epäjumala oli pienessä veistetyssä pyhäkössä.
And the carvings of the shrine were of common pattern.
Ja pyhäkön kaiverrukset olivat yleisen kaavan mukaisia.
This man eventually recovered back to his senses.
Tämä mies toipui lopulta järkiinsä.
And he told an exceedingly strange story of piracy and slaughter.
Ja hän kertoi äärimmäisen oudon tarinan merirosvoudesta ja teurastuksesta.
He is Gustaf Johansen, a Norwegian of some intelligence.
Hän on Gustaf Johansen, jonkin verran älykäs norjalainen.
And he had been second mate of the two-masted schooner Emma of Auckland.
Ja hän oli ollut kaksimastoisen kuunari Emma of Aucklandin toinen perämies.
The ship sailed for Callao February 20th, manned by eleven sailors.
Laiva purjehti Callaoon 20. helmikuuta, ja sen miehistönä oli yksitoista merimiestä.
The ship, he says, was delayed and thrown widely south of her course.
Hän sanoo laivan viivästyneen ja heittäytyneen laajalti etelään kurssistaan.
There was a great storm on March 1st, and on March 22nd.
Maaliskuun 1. ja 22. päivänä oli suuri myrsky.
On their journey they encountered another ship.

Matkallaan he kohtasivat toisen laivan.

This was in S. Latitude 49° 51′, W. Longitude 128° 34′

Tämä oli eteläistä leveyttä 49° 51′, läntistä pituusastetta 128° 34′.

This ship was manned by a queer and evil-looking crew.

Tätä laivaa miehitti omituinen ja ilkeännäköinen miehistö.

All the men were of Kanakas and half-castes.

Kaikki miehet olivat kanakkoja ja puolikastisia.

Being ordered peremptorily to turn back, Capt. Collins refused.

Kapteeni Collins kieltäytyi, kun hänelle annettiin ehdottomasti käsky kääntyä takaisin.

Without warning the strange crew began to shoot savagely upon the schooner.

Ilman varoitusta outo miehistö alkoi ampua kuunaria raivokkaasti.

They shot a peculiarly heavy battery of brass cannon.

He ampuivat omituisen raskaan messinkitykkien patteristoa.

The men from his ship showed fighting spirit, says the survivor.

Hänen laivansa miehet osoittivat taistelutahtoa, kertoo selviytyjä.

The schooner began to sink from shots beneath the waterline.

Kuunari alkoi upota vesirajan alapuolelle ammuttujen laukausten seurauksena.

But they managed to heave alongside their enemy boat, and board her.

Mutta he onnistuivat nousemaan vihollisen veneen viereen ja nousemaan sen kyytiin.

They grappled with the savage crew on the yacht's deck.

He painiskelivat jahdin kannella olevan raa'an miehistön kanssa.

Their mode of fighting seemed to be strangely clumsy.

Heidän taistelutapansa tuntui oudon kömpelöltä.

But defeat did not seem to be an option for these savage men.

Mutta tappio ei näyttänyt olevan vaihtoehto näille
villimiehille.
**They had a particularly abhorrent and desperate way of
fighting.**
Heillä oli erityisen vastenmielinen ja epätoivoinen
taistelutapa.
So they had no choice but to kill all men of the enemy ship.
Joten heillä ei ollut muuta vaihtoehtoa kuin tappaa kaikki
vihollisen laivan miehet.
Three of their men were also killed in the fight.
Myös kolme heidän miestään sai surmansa taistelussa.
Capt. Collins and First Mate Green were among the dead.
Kapteeni Collins ja ensimmäinen perämies Green olivat
kuolleiden joukossa.
**Second Mate Johansen took over control from First Mate
Green.**
Toinen perämies Johansen otti ohjat käsiinsä ensimmäiseltä
perämieheltä Greeniltä.
**And the remaining eight men proceeded to navigate the
captured yacht.**
Ja loput kahdeksan miestä jatkoivat kaapatun jahdin
navigointia.
**They proceeded to continue in the original direction they
were going.**
He jatkoivat matkaansa alkuperäiseen suuntaansa.
**To see if there had been any reason they were ordered to
turn around.**
Jotta nähtäisiin, oliko heille annettu käsky kääntyä takaisin.

***

The next day, it appears, they landed on a small island.
Seuraavana päivänä he ilmeisesti rantautuivat pienelle
saarelle.
**Although no island is known to exist in that part of the
ocean.**
Vaikka tuossa osassa merta ei tiedetä olevan saarta.

Six of the men somehow died ashore while on the island.
Kuusi miehistä kuoli jotenkin maissa ollessaan saarella.
Though Johansen is queerly reticent about this part of his story.
Vaikka Johansen onkin omituisen vaitonainen tästä osasta tarinaansa.
And he speaks only of their falling into a rock chasm.
Ja hän puhuu vain heidän putoamisestaan kalliokohoon.
Later, it seems, he and one companion boarded the yacht.
Myöhemmin hän ja yksi seuralainen ilmeisesti nousivat jahtiin.
Together they tried to sail the ship, undermanned.
Yhdessä he yrittivät purjehtia laivaa alimiehitettynä.
But they were beaten about by the storm of April 2nd.
Mutta huhtikuun 2. päivän myrsky piiskasi heidät.
From that time till his rescue on the 12th, the man remembers little.
Siitä ajasta pelastamiseensa 12. päivänä mies muistaa vain vähän.
And he does not even recall when William Briden, his companion, died.
Eikä hän edes muista, milloin hänen seuralaisensa William Briden kuoli.
Autopsy could reveal no obvious cause to Briden's death.
Ruumiinavaus ei paljastanut selvää syytä Bridenin kuolinsyylle.
The most likely cause of death is exposure to the elements.
Todennäköisin kuolinsyy on altistuminen luonnonvoimille.
The Dunedin reported that their boat, the Alert, was well known.
Dunedin-alukset kertoivat, että heidän veneensä, Alert, oli tunnettu.
The island traders bore an evil reputation along the waterfront.
Saaren kauppiailla oli paha maine ranta-alueella.
The ship was owned by a curious group of half-castes.
Laivan omisti omituinen ryhmä puolikastisia.

Frequent meetings and night trips to the woods attracted curiosity.

Usein pidettävät kokoukset ja yöretket metsään herättivät uteliaisuutta.

The ship had set sail in great haste on March 1st.

Laiva oli lähtenyt matkaan suurella kiireellä maaliskuun 1. päivänä.

Just after the storm, and the earth tremors that night.

Juuri myrskyn jälkeen, ja maa järisee sinä yönä.

Our Auckland correspondent gives the Emma excellent reputation.

Aucklandin kirjeenvaihtajamme antaa Emmalle erinomaisen maineen.

The Crew from the Emma were held very in high regard.

Emman miehistöä pidettiin erittäin suuressa arvossa.

And Johansen is described as a sober and worthy man.

Ja Johansenia kuvaillaan raittiiksi ja kunnolliseksi mieheksi.

The admiralty will institute an inquiry on the whole matter.

Amiraliteetti aikoo aloittaa tutkinnan koko asiasta.

Starting tomorrow they will collect all relevant information.

Huomisesta alkaen he keräävät kaikki asiaankuuluvat tiedot.

Every effort will be made to induce Johansen to speak.

Johansenin puhumiseksi tehdään kaikki mahdollinen.

This and the hellish image were all the information I had to go on.

Tämä ja tuo helvetillinen kuva olivat kaikki tiedot, joiden pohjalta minulla oli jatkaa.

But what a train of ideas that little information started in my mind!

Mutta mikä ajatusvirta tuo pieni tieto saikaan minut pyörimään!

Here were new treasuries of data on the Cthulhu Cult.

Tässä olivat uudet tietovarastot Cthulhu-kultista.

The cult not only had interests on land.

Kultilla ei ollut intressejä vain maalla.

Now there was evidence they also had connections to the sea.

Nyt oli todisteita siitä, että heillä oli myös yhteyksiä mereen.
What motive prompted the hybrid crew to order back the Emma?
Mikä motiivi sai hybridimiehistön tilaamaan Emman takaisin?
Why did they sail about with their hideous idol?
Miksi he purjehtivat ympäriinsä hirvittävän epäjumalansa kanssa?
What was the unknown island on which six of the Emma's crew had died?
Mikä oli se tuntematon saari, jolla kuusi Emman miehistön jäsentä oli kuollut?
And why was Johansen so secretive about their death?
Ja miksi Johansen oli niin salamyhkäinen heidän kuolemastaan?
What had the vice-admiralty's investigation brought out?
Mitä varamiratsin tutkinta oli paljastanut?
And what was known of the noxious cult in Dunedin?
Ja mitä Dunedinin myrkyllisestä kultista tiedettiin?
Nor could one help but marvel at the timing of the events.
Tapahtumien ajoitusta ei voinut olla ihmettelemättä.
There was a deep and more than natural linkage between the dates.
Päivämäärien välillä oli syvä ja enemmän kuin luonnollinen yhteys.
A malign and now undeniable significance to the various turns of events.
Pahaenteinen ja nyt kiistaton merkitys tapahtumien eri käänteille.

***

My uncle had noted with great care the connecting events.
Setäni oli tarkoin pannut merkille toisiinsa liittyvät tapahtumat.
On March 1st the earthquake and storm had come.
Maaliskuun ensimmäisenä päivänä iski maanjäristys ja myrsky.

February 28th, according to the International Date Line.
28. helmikuuta kansainvälisen päivämäärärajalla.
From Dunedin the noisome crew of the Alert darted eagerly forth.
Dunedinista syöksyi Alertin ilkeämielinen miehistö innokkaasti eteenpäin.
They moved as if they had been imperiously summoned.
He liikkuivat kuin heidät olisi käskyttävästi kutsuttu.
On the other side of the earth the other events unfolded.
Maapallon toisella puolella tapahtuivat muut tapahtumat.
Poets and artists had begun to have their strange dreams.
Runoilijat ja taiteilijat olivat alkaneet nähdä outoja unia.
Dreams of a dank Cyclopean city from times long gone.
Unelmia menneiden aikojen kosteasta kyklooppikaupungista.
A young sculptor was persuaded by these dreams too.
Myös nuori kuvanveistäjä vakuuttui näistä unelmista.
In his sleep he molded the form of the dreaded Cthulhu.
Unissaan hän muovasi pelätyn Cthulhun hahmon.
On March 23rd the crew of the Emma landed on an unknown island.
Emman miehistö rantautui tuntemattomalle saarelle 23. maaliskuuta.
There on that island they left six men dead.
Sinne saarelle he jättivät kuusi miestä kuolleeksi.
On that date the dreams of sensitive men assumed a heightened vividness.
Tuona päivänä herkkien miesten unet saivat entistäkin eloisamman sävyn.
Their dreams darkened with dread of a giant monster's malign pursuit.
Heidän unelmansa synkkenivät jättiläismäisen hirviön ilkeän takaa-ajon pelosta.
One architect went mad from his dreams that night.
Eräs arkkitehti sekosi unistaan sinä yönä.
And a sculptor had lapsed suddenly into delirium!
Ja kuvanveistäjä oli yhtäkkiä vaipunut houreisiin!
And then there was the storm of April 2nd.

Ja sitten oli vielä huhtikuun toisen päivän myrsky.

The date on which all dreams of the dank city ceased.

Päivämäärä, jona kaikki unelmat kosteasta kaupungista lakkasivat.

Wilcox emerged unharmed from the bondage of strange fever.

Wilcox selvisi vahingoittumattomana oudon kuumeen kahleista.

And everything appeared to be normal again.

Ja kaikki näytti taas normaalilta.

But what about the hints old Castro had suggested?

Mutta entä vanhan Castron antamat vihjeet?

What about the sunken, star-born old ones?

Entäpä ne uponneet, tähdistä syntyneet vanhat?

What about their promised return and coming reign?

Entä heidän luvattu paluunsa ja tuleva valtakautensa?

What about their faithful cult and their mastery of dreams?

Entä heidän uskollinen kulttinsa ja unien hallintansa?

Was I tottering on the brink of cosmic horrors?

Horjuinko kosmisten kauhujen partaalla?

Cosmic horrors far beyond man's power to bear?

Kosmisia kauhuja, jotka ovat paljon ihmisen kestokyvyn ulottumattomissa?

If so, they must be horrors of the mind alone.

Jos näin on, niiden täytyy olla yksinomaan mielen kauhuja.

On the second of April there was sudden coordinated calm.

Huhtikuun toisena päivänä vallitsi äkillinen koordinoitu tyyneys.

The monstrous menace that sieged mankind's soul had vanished.

Ihmiskunnan sielua piirittänyt hirviömäinen uhka oli kadonnut.

That evening I made all necessary arrangements for onwards travel.

Sinä iltana tein kaikki tarvittavat järjestelyt jatkomatkaa varten.

I bade my host adieu and took a train for San Francisco.

Jätin hyvästit isännälleni ja hyppäsin junaan San Franciscoon.

***

In less than a month I was at the port of Dunedin.
Alle kuukauden kuluttua olin Dunedinin satamassa.
Here, however, my investigation stumbled slightly.
Tässä kohtaa tutkimukseni kuitenkin hieman takkuili.
I inquired in the old sea taverns where the men had lingered.
Tiedustelin vanhoista merenrantatavernoista, missä miehet olivat viipyneet.
But little was known of the strange cult members.
Mutta omituisista kultin jäsenistä tiedettiin vain vähän.
Waterfront scum was far too common for special mention.
Rantakadun saasta oli aivan liian yleistä, jotta siitä olisi saanut erityismaininnan.
But there was vague talk about one inland trip these mongrels had made.
Mutta liikkui epämääräistä puhetta yhdestä sisämaanmatkasta, jonka nämä sekarotuiset olivat tehneet.
Faint drumming and red flames were noted on the distant hills.
Kaukaisilla kukkuloilla havaittiin heikkoa rummutusta ja punaisia liekkejä.
In Auckland I learned only a little more of Johansen.
Aucklandissa opin Johansenista vain vähän enemmän.
He had been taken to Sydney for the investigation.
Hänet oli viety Sydneyyn tutkittavaksi.
A perfunctory and inconclusive questioning turned his hair white.
Pinnallinen ja epäselvä kysymys värjäsi hänen hiuksensa valkoisiksi.
Thereafter he sold his cottage in West Street.
Sen jälkeen hän myi mökkinsä West Streetillä.
And he sailed with his wife to his old home in Oslo.
Ja hän purjehti vaimonsa kanssa vanhaan kotiinsa Osloon.

His experience had clearly stirred him deeply.
Kokemus oli selvästi liikuttanut häntä syvästi.
But he told his friends no more than he had told the admiralty officials.
Mutta hän ei kertonut ystävilleen enempää kuin amiraliteetin virkamiehille.
And all they could do was to give me his Oslo address.
Ja he saattoivat vain antaa minulle hänen Oslon osoitteensa.
After that I went to Sydney and talked profitlessly with seamen.
Sen jälkeen menin Sydneyyn ja juttelin tuloksetta merimiesten kanssa.
Members of the vice-admiralty court could not enlighten me either.
Amiraliteetin varatuomioistuimen jäsenetkään eivät kyenneet valaisemaan minua.
I tracked the Alert down to Circular Quay in Sydney Cove.
Jäljytin hälytyksen Circular Quaylle Sydney Covessa.
The ship had been sold and was again in commercial use.
Laiva oli myyty ja sitä käytettiin jälleen kaupallisesti.
But I could gain no further clues from the ship's cargo.
Mutta en saanut enempää vihjeitä laivan lastista.
The image was preserved in the Museum at Hyde Park.
Kuva säilytettiin Hyde Parkin museossa.
The cuttlefish head, dragon body, and scaly wings.
Seepian pää, lohikäärmeen ruumis ja suomuiset siivet.
The monster crouching atop the hieroglyphed pedestal.
Hirviö kyyristelee hieroglyfeillä koristellun jalustan huipulla.
I studied every detail of the idol long and well.
Tutkin idolin jokaista yksityiskohtaa pitkään ja huolellisesti.
The relic was a thing of balefully exquisite workmanship.
Muistoesine oli uhkaavan hienostunutta työtä.
I couldn't help but notice the similarity to Legrasse's smaller specimen.
En voinut olla huomaamatta samankaltaisuutta Legrassen pienemmän yksilön kanssa.
Both idols had the same utter mystery and terrible antiquity.

Molemmilla epäjumalilla oli sama täydellinen mysteeri ja
hirvittävä ikivanha historia.
**And both idols had the same unearthly strangeness of
material.**
Ja molemmilla epäjumalilla oli sama epämaaninen outo
materiaali.
**Geologists, the curator told me, had found it a monstrous
puzzle.**
Kuraattori kertoi minulle, että geologit olivat löytäneet siitä
hirviömäisen arvoituksen.
They insisted that the world held no rock like this one.
He väittivät, ettei maailmassa ollut mitään tämänkaltaista
kiveä.
**Then I thought with a shudder of what old Castro had told
Legrasse.**
Sitten ajattelin puistatellen, mitä vanha Castro oli kertonut
Legrasselle .
The tale of the primal great ones, sunken under the sea.
Tarina alkukantaisista suuruuksista, uponneina meren alle.
"They had come from the stars."
"Ne olivat tulleet tähdistä."
"They had brought their images with them."
"He olivat tuoneet kuvansa mukanaan."
**I was shaken with a mental revolution as I had never before
known.**
Minua ravisteli henkinen mullistus, jollaista en ollut koskaan
ennen kokenut.
**I was now completely resolved to visit Mate Johansen in
Oslo.**
Olin nyt täysin päättänyt vierailla Mate Johansenin luona
Oslossa.
**Sailing for London, I re-embarked at once for the Norwegian
capital.**
Purjehdittuani Lontooseen, palasin heti takaisin Norjan
pääkaupunkiin.
And one autumn day I landed at the wharves.
Ja eräänä syyspäivänä rantauduin laiturille.

****

Johansen's hometown was in the shadow of the Egeberg.
Johansenin kotikaupunki oli Egebergin varjossa.
I discovered he lived in the Old Town of King Harold Haardrada.
Sain selville, että hän asui kuningas Harold Haardradan vanhassakaupungissa.
For centuries the greater city had masqueraded as "Christiania".
Vuosisatojen ajan suurempi kaupunki oli naamioitunut "Christianiaksi".
King Harald Hardrada kept alive the name of Oslo.
Kuningas Harald Hardrada piti Oslon nimen hengissä.
I made the brief trip to his residences by taxicab.
Tein lyhyen matkan hänen asuntoonsa taksilla.
A neat and ancient building with plastered front.
Siisti ja vanha rakennus, jossa on rapattu julkisivu.
And I knocked with palpitant heart at the door.
Ja koputin oveen pamppaillen sydämeni pohjasta.
A sad-faced woman in black answered my summons.
Surullinen, mustapukuinen nainen vastasi kutsuuni.
I was stung with disappointment at the sight.
Minua kirpaisi pettymys näkyvistä.
She told me in halting English that Gustaf Johansen was no more.
Hän kertoi minulle katkovalla englannilla, että Gustaf Johansenia ei enää ollut.
He had not long survived his return, said his wife.
Hän ei ollut selvinnyt paluustaan kauaa, sanoi hänen vaimonsa.
The doings at sea in 1925 had broken him.
Merellä vuonna 1925 koetut asiat olivat murtaneet hänet.
He had told her no more than he had told the public.
Hän ei ollut kertonut hänelle enempää kuin julkisuuteenkaan.
But he had left a long manuscript of "technical matters".

Mutta hän oli jättänyt jälkeensä pitkän käsikirjoituksen
"teknisiä asioita".

These notes of the voyage had been written in English.

Nämä matkamuistiinpanot oli kirjoitettu englanniksi.

**Evidently in order to safeguard her from the peril of casual
perusal.**

Ilmeisesti suojellakseen häntä satunnaisen lukemisen
vaaroilta.

**He had gone for a walk through a narrow lane near the
Gothenburg dock.**

Hän oli lähtenyt kävelylle kapeaa kujaa pitkin lähellä
Göteborgin laituria.

**A bundle of papers falling from an attic window had
knocked him down.**

Ullakkoikkunasta pudonnut paperinippu oli kaatanut hänet.

Two Lascar sailors at once helped him to his feet.

Kaksi lascarilaista merimiestä auttoi hänet heti jaloilleen.

But before the ambulance could reach him he was dead.

Mutta ennen kuin ambulanssi ehti hänen luokseen, hän oli
kuollut.

The physicians found no adequate cause for his death.

Lääkärit eivät löytäneet riittävää syytä hänen kuolinsyylleen.

They mostly attributed his death to heart trouble.

He useimmiten selittävät hänen kuolemansa sydänvioilla.

**But they added his weakened constitution most likely
contributed.**

Mutta he lisäsivät, että hänen heikentynyt peruskuntonsa
todennäköisesti vaikutti asiaan.

I now felt a deep gnawing at my vitals.

Tunsin nyt syvän nakertelun elintärkeissäni.

A dark terror which will never leave me till I, too, am at rest.

Synkkä kauhu, joka ei koskaan jätä minua, ennen kuin
minäkin olen levossa.

Whether my death will come "accidentally" or not I can't tell.

En osaa sanoa, tuleeko kuolemani "vahingossa" vai ei.

I spoke to the widow about her husband's work.

Puhuin lesken kanssa hänen miehensä työstä.

And I persuaded her I had a "technical" connection to him.
Ja vakuutin hänet siitä, että minulla oli "tekninen" yhteys
häneen.
So she felt I was sufficiently entitled to the manuscript.
Niinpä hänestä tuntui, että minulla oli riittävä oikeus
käsikirjoitukseen.
And so I attained the dead man's writing.
Ja niin minä pääsin käsiksi kuolleen miehen kirjoitukseen.
I began to read the documents on the boat to London.
Aloin lukea asiakirjoja Lontooseen matkalla olevassa laivassa.
They were little more than simple, rambling notes.
Ne olivat lähinnä yksinkertaisia, sekavia muistiinpanoja.
A naive sailor's effort at a post-facto diary.
Naiivin merimiehen ponnistus jälkikäteen päiväkirjan
kirjoittamisessa.
He strove to recall that last awful voyage day by day.
Hän yritti muistella päivä päivältä tuota viimeistä kamalaa
merimatkaa.
I cannot attempt to transcribe his notes verbatim.
En voi yrittääkään litteroida hänen muistiinpanojaan
sanatarkasti.
The manuscript is clouded with vagueness and redundance.
Käsikirjoitus on täynnä epämääräisyyttä ja turhaa
sanomattakin selvää jälkeä.
But I will tell the gist of what he wrote.
Mutta kerronpa lyhyesti, mitä hän kirjoitti.
**Perhaps then you will understand why I stuffed my ears
with cotton.**
Ehkä silloin ymmärrät, miksi täytin korvani vanulapulla.
**The sound of the water against the vessel's sides became
unendurable.**
Veden loiskahdus laivan kylkiä vasten kävi sietämättömäksi.

***

Johansen, thank God, did not quite know what he had seen.
Johansen, Jumalan kiitos, ei aivan tiennyt, mitä oli nähnyt.

But it is evident he had seen the city and the Thing.

Mutta on selvää, että hän oli nähnyt kaupungin ja Olion.

I shall never sleep calmly again when I think of the horrors.

En koskaan enää nuku rauhallisesti, kun ajattelen kauhuja.

The horrors that lurk ceaselessly behind life in time and space.

Kauhut, jotka vaanivat lakkaamatta elämän takana ajassa ja avaruudessa.

Those unhallowed blasphemies that come from elder stars.

Nuo epäpyhät jumalanpilkat, jotka tulevat vanhemmilta tähdiltä.

Dreamers beneath the sea known only by a nightmare cult.

Meren alla uneksijoita, jotka tuntee vain painajaiskultti.

A cult ready and eager to release these monsters into the world.

Kultti, joka on valmis ja innokas vapauttamaan nämä hirviöt maailmaan.

Whenever another earthquake raises their monstrous stone city again.

Aina kun uusi maanjäristys nostaa heidän hirviömäisen kivikaupunkinsa jälleen pystyyn.

When Cthulhu is under the light of the sun once more.

Kun Cthulhu on jälleen auringon valossa.

Johansen's voyage had begun just as he told it to the vice-admiralty.

Johansenin purjehdus oli alkanut juuri niin kuin hän kertoi sen varamiraaliudelle.

The Emma, in ballast, had cleared Auckland on February 20th.

Painolastissa oleva Emma oli poistunut Aucklandin rannalta 20. helmikuuta.

The ship had felt the full force of that earthquake-born tempest.

Laiva oli tuntenut maanjäristyksen synnyttämän myrskyn täyden voiman.

The horrors from the sea-bottom that filled men's dreams.

Merenpohjan kauhut, jotka täyttivät miesten unet.

Once under control again the ship was making good
progress.
Kun laiva oli jälleen hallinnassa, se eteni hyvin.
But then the ship was held up by the Alert on March 22nd.
Mutta sitten Alert pysäytti laivan 22. maaliskuuta.
I could feel the mate's regret as he wrote of her
bombardment and sinking.
Tunsin perämiehen katumuksen, kun hän kirjoitti aluksen
pommituksesta ja uppoamisesta.
Of the swarthy cult-fiends on the other boat he speaks with
horror.
Toisen veneen tummaihoisista kultin vihollisista hän puhuu
kauhulla.
There was some peculiarly abominable quality about them.
Niissä oli jokin omituisen vastenmielinen ominaisuus.
Something made their destruction seem almost a duty.
Jokin sai niiden tuhoamisen tuntumaan lähes velvollisuudelta.
This point was brought up during the proceedings of the
court of inquiry.
Tämä seikka nousi esiin käräjäoikeuden käsittelyn aikana.
Johansen shows ingenuous wonder at the accusation of
ruthlessness.
Johansen osoittaa vilpitöntä ihmetystä armottomuuden
syytöksestä.
Curiosity is what drove the men on in their captured yacht.
Uteliaisuus ajoi miehet eteenpäin kaapatulla jahdillaan.
Sticking out of the sea the men sighted a great stone pillar.
Merestä törröttäen miehet näkivät suuren kivipatsaan.
In South Latitude 47° 9', West Longitude 126° 43' they come
upon a coastline.
Eteläisellä leveysasteella 47° 9', läntisellä pituusasteella 126°
43' ne kohtaavat rantaviivan.
The coastline was of mingled mud, ooze, and weedy
Cyclopean masonry.
Rannikko oli sekoitettua mutaa, liejua ja rikkaruohoisia
kyklooppilaisia muureja.

Nothing less than the tangible substance of earth's supreme terror.
Ei mitään vähempää kuin maan ylimmän kauhun konkreettinen olomuoto.
They had come across the nightmare corpse-city of R'lyeh.
He olivat törmänneet painajaismaiseen ruumiskaupunkiin R'lyehiin .
A city built in measureless eons behind history.
Kaupunki, joka on rakennettu mittaamattomien aikojen aikana historian taakse.
Monuments to vast loathsome shapes that seeped down from the dark stars.
Monumentteja valtaville, inhottaville hahmoille, jotka tihkuivat alas pimeistä tähdistä.
There lay great Cthulhu and his hordes for incalculable cycles.
Siellä makasi suuri Cthulhu ja hänen laumansa lukemattomien syklien ajan.
Hidden in green slimy vaults, they sent out their thoughts.
Vihreissä, limaisissa holveissa piilossa he lähettivät ajatuksiaan.
The thoughts that spread fear to the dreams of the sensitive.
Ajatukset, jotka levittävät pelkoa herkkien uniin.
The thoughts that called imperiously to the faithful.
Ajatukset, jotka kutsuivat uskollisia käskyttävästi.
"Come on a pilgrimage of liberation and restoration."
"Tule vapautuksen ja ennallistamisen pyhiinvaellukselle."
All this horror Johansen had no way of suspecting.
Kaikkea tätä kauhua Johansenilla ei ollut mitään keinoa aavistaa.
But God knows he had soon seen enough!
Mutta Jumala tietää, että hän oli pian nähnyt tarpeeksi!
I suppose what they saw was only a single mountain-top.
Oletan, että he näkivät vain yhden vuorenhuipun.
Soon the rest of the city emerged from the waters.
Pian muukin osa kaupungista nousi vesien alta.

**The hideous monolith-crowned citadel where great Cthulhu
was buried.**

Hirveä monoliittikruunuinen linnoitus, johon suuri Cthulhu
haudattiin.

I shudder to think of all that may be brooding down there.

Minua kauhistuttaa ajatus kaikesta, mitä siellä alhaalla saattaa
kyteä.

And I almost wish to kill myself to stop these thoughts.

Ja melkein tekisi mieli tappaa itseni lopettaakseni nämä
ajatukset.

***

Johansen and his men were awed by the cosmic majesty.

Johansen ja hänen miehensä olivat hämmästyneitä kosmisesta
majesteettisuudesta.

**They beheld the sight of this dripping Babylon of elder
demons.**

He näkivät tämän vanhojen demonien täyttämän Babylonin.

**They must have guessed without guidance what it was they
saw.**

Heidän on täytynyt arvata ilman opastusta, mitä he näkivät.

What they saw was nothing of this or of any sane planet.

Heidän näkemänsä ei ollut mitään tältä tai miltään järkevältä
planeetalta.

The unbelievable size of the greenish stone blocks.

Vihertävien kivilohkareiden uskomaton koko.

The dizzying height of the great carven monolith.

Suuren veistetyn monoliitin huimaava korkeus.

**And then there was the bas-reliefs found on the captured
ship.**

Ja sitten olivat vielä kaapatusta laivasta löydetyt bareljeefit.

The colossal statues mirrored the scene on the carvings.

Kolossaaliset patsaat peilasivat kaiverruksissa näkyvää
maisemaa.

Johansen achieved something very close to futurism.

Johansen saavutti jotain hyvin lähellä futurismia.

Because he did not describe any definite structure or building.

Koska hän ei kuvaillut mitään tarkkaa rakennelmaa tai rakennusta.

He dwelled on the broad impressions of vast angles and stone surfaces.

Hän viipyi laajojen kulmien ja kivipintojen laajoissa vaikutelmissa.

Surfaces too great to belong to anything right or proper for this earth.

Liian suuria pintoja kuuluakseen mihinkään tälle maapallolle oikeaan tai sopivaan.

Surfaces impious with horrible images and hieroglyphs.

Pinnat jumalattomia, täynnä kamalia kuvia ja hieroglyfejä.

There is a reason I mention his talk about angles.

Mainitsen hänen puheensa kulmista syystä.

It reminds me of something Wilcox had told me of his awful dreams.

Se muistuttaa minua jostakin, mitä Wilcox oli kertonut minulle kauheista unistaan.

He had said that the geometry of the dream-place he saw was abnormal.

Hän oli sanonut, että näkemänsä unipaikan geometria oli epänormaali.

Non-Euclidean spheres unlike anything here on earth.

Epäeuklidiset pallot, joilla ei ole mitään tekemistä maan päällä.

Loathsomely redolent dimensions completely unlike ours.

Inhottavan tuoksuvat ulottuvuudet, täysin erilaiset kuin meidän.

Now a seaman was describing the exact same thing.

Nyt merimies kuvaili täsmälleen samaa asiaa.

They bad both had the same terrible glimpse of this reality.

Heillä molemmilla oli sama kauhea vilaus tästä todellisuudesta.

Johansen and his men landed at a sloping mud-bank.

Johansen ja hänen miehensä rantautuivat viettävälle
mutapenkereelle.
And they looked up at this monstrous Acropolis.
Ja he katsoivat ylös tähän hirviömäiseen Akropoliin.
They clambered slippery up over titan oozy blocks.
He kiipeilivät liukkaina titaanisten, mutavellien yli.
Blocks which could have been no mortal staircase.
Lohkareita, jotka eivät olisi voineet olla kuolevaisten portaita.
The very sun of heaven seemed distorted in this mist.
Taivaan aurinko itsessään näytti vääristyneeltä tässä usvassa.
**A polarizing miasma welling out from this sea-soaked
perversion.**
Tästä meren kastelemasta perversiosta kumpuaa polarisoiva
miasma.
Twisted menace and suspense lurked in those elusive rocks.
Kieroutunut uhka ja jännitys väijyivät noissa vaikeasti
tavoitettavissa kallioissa.
**A second glance showed concavity where the first showed
convexity.**
Toinen vilkaisu osoitti koveruutta siinä missä ensimmäinen
osoitti konveksia.
Something very like fright had come over all the explorers.
Jonkinlainen kauhun kaltainen tunne oli vallannut kaikki
tutkimusmatkailijat.
**Each man would have fled had he not feared the scorn of the
others.**
Jokainen mies olisi paennut, ellei olisi pelännyt toisten
halveksuntaa.
And it was only half-heartedly that they vainly searched.
Ja he etsivät turhaan vain puolivillaisesti.
They were looking for some portable souvenir to bear away.
He etsivät jotain matkamuistoa vietäväksi.
**It was Rodriguez, the Portuguese, who climbed up the foot
of the monolith.**
Se oli portugalilainen Rodriguez, joka kiipesi monoliitin
juurelle.
From there he shouted of what he had found.

Sieltä hän huusi löytämästään.

The rest followed him to the foot of the monolith.

Loput seurasivat häntä monoliitin juurelle.

They looked curiously at the immense door in front of them.

He katsoivat uteliaasti edessään olevaa valtavaa ovea.

The now familiar squid-dragon was carved on the door.

Nyttemmin tuttu kalmari-lohikäärme oli kaiverrettu oveen.

It was, Johansen said, like a great barn-door.

Se oli, Johansen sanoi, kuin suuri ladon ovi.

Although they said it only gave the impression of a door.

Vaikka heidän mukaansa se antoi vain vaikutelman ovesta.

They could not decide if the door lay flat like a trap-door.

He eivät osanneet päättää, oliko ovi litteänä kuin ansaluukku.

Or maybe the opening was slanted like an outside cellar-door.

Tai ehkä aukko oli vino kuin kellarin ulko-ovi.

As Wilcox would have said, the geometry of the place was all wrong.

Kuten Wilcox olisi sanonut, paikan geometria oli täysin pielessä.

One could not be sure that the sea and the ground were horizontal.

Ei voinut olla varma, olivatko meri ja maa vaakatasossa.

Hence the relative position of everything else seemed phantasmally variable.

Näin ollen kaiken muun suhteellinen sijainti näytti olevan mielikuvituksellisen vaihteleva.

Briden pushed at the stone in several places, without result.

Briden työnsi kiveä useasta kohdasta, tuloksetta.

Then Donovan felt delicately over around the edge of the door.

Sitten Donovan tunnusteli varovasti oven reunaa.

He climbed interminably along the grotesque stone molding.

Hän kiipesi loputtomasti groteskia kivistä listaa pitkin.

Although, if you could really call it climbing is debatable.

Vaikka siitä, voiko sitä todella kiipeilyksi kutsua, on
kyseenalaista.

Perhaps the door was more horizontal than vertical.
Ehkä ovi oli enemmän vaakasuorassa kuin pystysuorassa.

**And the men wondered how any door in the universe could
be so vast.**
Ja miehet ihmettelivät, miten mikään ovi
maailmankaikkeudessa voi olla niin valtava.

Then, very softly and slowly, something began to happen.
Sitten, hyvin hiljaa ja hitaasti, jotakin alkoi tapahtua.

The acre-great panel began to give inward at the top.
Hehtaarin kokoinen paneeli alkoi antaa periksi sisäänpäin
ylhäältä.

And they saw that the door had balanced itself.
Ja he näkivät, että ovi oli tasapainottunut itsestään.

***

Donovan somehow propelled himself back along the jamb.
Donovan jotenkin ponnisteli takaisin ovenpieliä pitkin.

**And everyone watched the queer recession of the
monstrously carven portal.**
Ja kaikki katselivat hirviömäisesti kaiverretun portaalin
omituista syvennystä.

**In this fantasy of prismatic distortion it moved anomalously
in a diagonal way.**
Tässä prismaattisen vääristymän fantasiassa se liikkui
poikkeavasti vinottain.

All the rules of matter and perspective seemed confused.
Kaikki aineen ja perspektiivin säännöt tuntuivat olevan
sekaisin.

The aperture was black with a darkness almost material.
Aukko oli musta, lähes aineellisen pimeä.

That tenebrousness was indeed a positive quality.
Tuo synkkyys oli todellakin positiivinen ominaisuus.

The men were spared from seeing the inner walls.
Miehet säästyivät näkemästä sisäseiniä.

The darkness burst forth like smoke from its eon-long imprisonment.

Pimeys purkautui kuin savu aikojen mittaisesta vankeudestaan.

The sun was visibly darkened by flapping membranous wings.

Aurinko pimeni näkyvästi räpyttelevien kalvomaisten siipien vuoksi.

And the shadow slunk away into the shrunken and gibbous sky.

Ja varjo hiipi pois kutistuneeseen ja pullistelevaan taivaaseen.

The odor arising from the newly opened depths was intolerable.

Äskettäin avautuneista syvyyksistä nouseva haju oli sietämätön.

The quick-eared Hawkins thought he heard a nasty, slopping sound.

Nopeakorvainen Hawkins luuli kuulevansa ikävän, loiskahtavan äänen.

His ears were confirmed when It lumbered slobberingly into sight.

Hänen korvansa vahvistuivat, kun se laahustaen kuolaa näkyviin .

Its gelatinous green immensity groped through the black hall.

Sen hyytelömäinen vihreä äärettömyys hapuili mustan salin läpi.

And Its ooze and smell squeezed through the angled door.

Ja sen lietteen ja hajun puristuttua sisään kulmikkaasta ovesta.

The Thing went into the tainted air of that poison city of madness.

Olio meni tuon hulluuden myrkkykaupungin saastuneeseen ilmaan.

Poor Johansen's handwriting almost gave out when he wrote of this.

Raukka Johansen melkein petti käsialallaan, kun hän kirjoitti tästä.

He thinks two men perished of pure fright in that accursed
instant.

Hän luulee kahden miehen kuolleen pelkkään kauhuun tuossa
kirotussa hetkessä.

The Thing cannot be described with our language.

Asiaa ei voida kuvailla kielellämme.

There are no words for such abysms of shrieking and
immemorial lunacy.

Ei ole sanoja kuvailemaan tuollaista kirkumisen ja
ikimuistoisen hulluuden syvyyttä.

Eldritch contradictions of all matter, force, and cosmic order.

Kaiken aineen, voiman ja kosmisen järjestyksen
eldritchinomaiset ristiriidat.

A mountain that walked and stumbled on the earth. God!

Vuori, joka käveli ja kompuroi maan päällä. Jumala!

No wonder that across the earth a great architect went mad.

Ei ihme, että maapallon toisella puolella suuri arkkitehti
sekosi.

No wonder poor Wilcox raved with fever in that telepathic
instant.

Ei ihme, että parka Wilcox raivosi kuumeessa tuona
telepaattisena hetkenä.

The green, sticky spawn of the stars, was walking the earth.

Tähtien vihreä, tahmea sikiö vaelsi maan päällä.

The Thing of the idols had awaked to claim his own.

Epäjumalien Olento oli herännyt vaatimaan omaansa.

The stars were aligned again, as was predicted.

Tähdet olivat taas linjassa, kuten ennustettiin.

An age-old cult had failed in their duties.

Ikivanha kultti oli epäonnistunut velvollisuuksissaan.

And a band of innocent sailors fulfilled their role by
accident.

Ja joukko viattomia merimiehiä täytti tehtävänsä vahingossa.

After vigintillions of years great Cthulhu was loose again.

Vigintiljoonien vuosien jälkeen suuri Cthulhu oli jälleen
vapaana.

And now great Cthulhu was ravening for delight.

Ja nyt suuri Cthulhu oli riemuissaan ilosta.

Three men were swept up by the flabby claws before anybody turned.

Kolme miestä pyyhkäistiin velttojen kynsien alle ennen kuin kukaan kääntyi.

God rest them, if there be any rest in the universe.

Jumala heille lepoa suokoon, jos maailmankaikkeudessa lepoa on.

Let it be known that their names were Donovan, Guerrera and Angstrom.

Tiedoksi, että heidän nimensä olivat Donovan, Guerrera ja Angstrom.

Parker slipped as he was trying to make his escape.

Parker liukastui yrittäessään paeta.

The other three were plunging frenziedly back to the boat.

Kolme muuta syöksyivät vimmatusti takaisin veneeseen.

They ran over endless vistas of green-crusted rock.

He juoksivat loputtomien vihreäkuoristen kallioiden yli.

Johansen swears he was swallowed up by an angle of masonry.

Johansen vannoo, että muurattu kulma nielaisi hänet.

An angle which shouldn't have been there.

Kulma, jota ei olisi pitänyt olla siinä.

An angle which was acute, but behaved as if it were obtuse.

Kulma, joka oli terävä, mutta käyttäytyi ikään kuin se olisi tylppä.

Only Briden and Johansen made it back to the boat.

Vain Briden ja Johansen pääsivät takaisin veneelle.

The two men had a moment of good fortune.

Kahdella miehellä oli onnenpotku.

The mountainous monstrosity flopped down on the slimy stones.

Vuoristoinen hirviö lysähti alas limaisille kiville.

And the beast hesitated floundering at the edge of the water.

Ja peto epäröi rämpien veden reunalla.

The steam boat had not entirely run out of hot coals.

Höyrylaivan kuumat hiilet eivät olleet kokonaan loppuneet.

Despite the departure of all men for the shore.
Vaikka kaikki miehet olivat lähteneet rannalle.
Feverishly the two men rushed up and down between wheels.
Kuumeisesti kaksi miestä juoksivat edestakaisin pyörien välissä.
It was the work of only a few moments to get the engine going.
Moottorin käynnistäminen kesti vain muutaman hetken.
Amidst the distorted horrors of that indescribable scene.
Tuon sanoinkuvaamattoman näyn vääristyneiden kauhujen keskellä.
Slowly their boat began to churn the lethal waters beneath her.
Hitaasti heidän veneensä alkoi kuohuttaa tappavia vesiä allaan.
And they moved along the masonry of that charnel shore.
Ja he liikkuivat tuon ruumishuoneen rannan muurauksia pitkin.
That strange coastline that was not from this world.
Tuo outo rannikko, joka ei ollut tästä maailmasta.

***

The titan Thing from the stars slavered and gibbered.
Tähtien titaani-Olo janoi ja jaaritteli.
Like Polypheme cursing the fleeing ship of Odysseus.
Kuin Polyfeme kiroaisi Odysseuksen pakenevaa laivaa.
Then great Cthulhu slid greasily into the water.
Sitten suuri Cthulhu liukui rasvaisesti veteen.
Bolder and more daring than the storied Cyclops.
Rohkeampi ja uskaliaampi kuin tarinoiden Kyklooppi.
Cthulhu pursued them through the water with cosmic movement.
Cthulhu ajoi heitä takaa veden halki kosmisen liikkeen voimalla.

Briden looked back from the ship and started laughing shrilly.

Briden katsoi taakseen laivasta ja alkoi nauraa kimeästi.

From that moment Briden continued laughing at odd intervals.

Siitä hetkestä lähtien Briden jatkoi naurua epäsäännöllisin väliajoin.

But Johansen had not given up yet.

Mutta Johansen ei ollut vielä luovuttanut.

He knew his ship had no chance of outpacing the thing.

Hän tiesi, ettei hänen laivallaan ollut mitään mahdollisuuksia edetä tuon vauhdissa.

So he resolved on taking a desperate chance.

Niinpä hän päätti ottaa epätoivoisen riskin.

He loaded the furnace and set the engine for full speed.

Hän täytti uunin ja asetti moottorin täydelle nopeudelle.

And then he ran lightning-like on deck and reversed the wheel.

Ja sitten hän juoksi salamannopeasti kannelle ja käänsi ruorin takaisin.

There was a mighty eddying and foaming in the noisome brine.

Myrkyllinen suolavesi pyörteili ja vaahtosi voimakkaasti.

The steam mounted higher and higher into the sky.

Höyry nousi yhä korkeammalle taivaalle.

And the brave Norwegian reversed the course of the chase.

Ja rohkea norjalainen käänsi takaa-ajon suunnan.

Before him rose the unclean froth like the stern of a demon galleon.

Hänen edessään kohosi saastainen vaahto kuin demonikaljuunan perä.

He drove his vessel head on against the pursuing jelly.

Hän ajoi aluksensa suoraan takaa-ajavaa hyytelöä vasten.

The awful squid-head came nearly up to the yacht's bowsprit.

Kamala kalmarinpää tuli melkein jahdin keulapuun korkeudelle.

But Johansen drove on relentlessly against the writhing feelers.
Mutta Johansen jatkoi armotta kiemurtelevia tunnustelijoita vasten.
There was a bursting as of an exploding bladder.
Kuului räjähdys, aivan kuin rakko olisi räjähtänyt.
There was a slushy nastiness as of a cloven sunfish.
Siellä oli loskainen ja ilkeä meteli kuin aurinkoahvenen.
There was a stench as of a thousand opened graves.
Siellä oli kuin tuhannen avatun haudan löyhkä.
And there was a sound the chronicler did not put on paper.
Ja kuului ääni, jota kronikoitsija ei ollut kirjoittanut paperille.
For an instant the ship was befouled by an acrid cloud.
Hetken aikaa laiva oli kirpeän pilven peittämä.
The green cloud blinded Johansen and the mad man.
Vihreä pilvi sokaisi Johansenin ja hullun miehen.
And then there was only a venomous seething astern.
Ja sitten kuului vain myrkyllinen, kuohuva jylinä perässä.
But God in heaven! What the two men saw next;
Mutta Jumala taivaassa! Mitä nuo kaksi miestä näkivät seuraavaksi;
The scattered plasticity of that nameless sky-spawn.
Tuon nimettömän taivaan kutinan hajanainen plastisuus.
The injured thing was nebulously recombining.
Loukkaantunut olento rakentui epämääräisesti uudelleen.
Soon Cthulhu would be back in its hateful original form.
Pian Cthulhu palaisi vihamieliseen alkuperäiseen hahmoonsa.
But their distance was widening with every second.
Mutta heidän välimatkansa kasvoi sekunti sekunnilta.
The ship was gaining impetus from its mounting steam.
Laiva sai vauhtia kasvavan höyrynsä ansiosta.
And eventually the cursed city was over the horizon.
Ja lopulta kirottu kaupunki oli horisontin takana.

***

He did not try to navigate after their lucky escape.

Hän ei yrittänyt navigoida heidän onnekkaan pakonsa jälkeen.
His reaction had taken something out of his soul.
Hänen reaktionsa oli vienyt jotakin hänen sielustaan.
He spent his time brooding over the idol in the cabin.
Hän vietti aikansa mökissä olevan epäjumalan miettien.
He looked after the laughing maniac in the boat.
Hän katsoi veneessä olevan nauravan hullun perään.
And he attended to a few matters such as food.
Ja hän huolehti muutamista asioista, kuten ruoasta.
Then came the storm of April 2nd.
Sitten tuli huhtikuun toisen päivän myrsky.
On that day clouds gathered over his consciousness.
Sinä päivänä hänen tietoisuutensa ylle kerääntyi pilviä.
There is a sense of pure and refined delirium.
Tunnetaan puhdasta ja hienostunutta houreilua.
Spectral whirling through liquid gulfs of infinity.
Aavemainen pyörremyrsky äärettömyyden nestemäisten
kuilujen läpi.
Dizzying rides through reeling universes on a comet's tail.
Huimaavia matkoja komeetan pyrstössä keinuvien
universumien läpi.
Hysterical plunges from the pit to the moon.
Hysteerisiä syöksyjä kuopasta kuuhun.
And he plunged back again from the moon to the pit.
Ja hän syöksyi taas kuusta kuiluun.
A cachinnating chorus of the distorted, hilarious elder gods.
Vääristyneiden, hulvattomien vanhempien jumalten kiehtova
kuoro.
And the green bat-winged mocking imps of Tartarus.
Ja Tartaroksen vihreät lepakkosiipiset pilkkaavat paholaiset.
Out of that dream came rescue; the ship Vigilant.
Tuosta unesta tuli pelastus; laiva Vigilant.
The vice-admiralty court and the streets of Dunedin.
Varamiraaliuden hovi ja Dunedinin kadut.
The long voyage back home to the old house by the Egeberg.
Pitkä matka takaisin kotiin vanhaan taloon Egebergin varrella.
He could not tell anyone of what he had seen.

Hän ei voinut kertoa kenellekään, mitä oli nähnyt.

Had he told the truth they would have thought he had gone mad.

Jos hän olisi kertonut totuuden, he olisivat luulleet hänen tulleen hulluksi.

So he secretly wrote of what he knew before death came.

Niinpä hän kirjoitti salaa siitä, mitä hän tiesi ennen kuolemaa.

"Death would be a boon if only it could blot out the memories."

"Kuolema olisi siunaus, jos se vain voisi pyyhkiä muistot pois."

That was the document Johansen left behind.

Se oli Johansenin jälkeensä jättämä asiakirja.

And now I have placed this document in the tin box.

Ja nyt olen laittanut tämän asiakirjan peltilaatikkoon.

In the box is also the dream carved bas-relief.

Laatikossa on myös unelma-aiheinen kaiverrettu bareljeefi.

And I have included the papers of Professor Angell.

Ja olen sisällyttänyt mukaan professori Angellin paperit.

With this box shall go this record of mine.

Tämän laatikon mukana lähtee tämä minun arkistoni.

These notes have become a test of my own sanity.

Näistä muistiinpanoista on tullut oman mielenterveyteni koe.

But I hope my discoveries are never be pieced together again.

Mutta toivon, ettei löytöjäni enää koskaan koota yhteen.

I have looked upon all that the universe has to hold of horror.

Olen katsellut kaikkea sitä kauhua, mitä maailmankaikkeudella on tarjota.

But now even the skies of spring are darkness to me.

Mutta nyt jopa kevään taivaat ovat minulle pimeyttä.

Even the flowers of summer are forever poison to me.

Jopa kesän kukat ovat minulle ikuista myrkkyä.

But I do not think my life will be long.

Mutta en usko, että elämäni tulee olemaan pitkä.

As my uncle went, so shall my end come.

Niin kuin setäni meni, niin tulee minunkin loppuni.
As poor Johansen went, so shall my time come.
Niin kuin raukka Johansen meni, niin tulee minunkin aikani.
I know too much, and the cult still lives.
Tiedän liikaa, ja kultti elää yhä.
Cthulhu still lives, too, I can only suppose.
Cthulhukin elää yhä, voin vain arvata.
I assume Cthulhu is again in that chasm of stone.
Oletan, että Cthulhu on taas tuossa kivikourussa.
The city which has shielded him since the sun was young.
Kaupunki, joka on suojellut häntä auringon nuoruudesta asti.
I know his accursed city is sunken once more.
Tiedän, että hänen kirottu kaupunkinsa on jälleen kerran
uponnut.
**The crew of the Vigilant sailed over the spot after the April
storm.**
Vigilantin miehistö purjehti paikan yli huhtikuun myrskyn
jälkeen.
But his ministers on earth still worship his return.
Mutta hänen maanpäälliset palvelijansa palvovat yhä hänen
paluutaan.
In lonely places they congregate around their idol.
Yksinäisissä paikoissa he kokoontuvat epäjumalansa
ympärille.
And they bellow and prance and slay in satanic ritual.
Ja he karjuvat ja tanssivat ja tappavat saatanallisissa
rituaaleissa.
**He must have been trapped by the sinking of his black
abyss.**
Hänen on täytynyt olla loukussa mustan kuilunsa vajoamisen
vuoksi.
**Or else the world would by now be screaming with fright
and frenzy.**
Muuten maailma olisi jo huutamassa pelosta ja vimmasta.
Who knows how the end will come about?
Kuka tietää, miten loppu tulee etenemään?
What has risen may sink, and what has sunk may rise.

Se, mikä on noussut, voi vajota, ja se, mikä on uponnut, voi
nousta.
Loathsomeness waits and dreams in the deep.
Inhottavuus odottaa ja unelmoi syvyyksissä.
And decay spreads over the tottering cities of men.
Ja rappeutuminen leviää ihmisten rapistuvien kaupunkien
ylle.
A time will come where that city rises out the sea again.
Aika tulee, jolloin tuo kaupunki nousee jälleen merestä.
But I must not think about when that day will come!
Mutta en saa ajatella, milloin se päivä koittaa!
I have one prayer if this manuscript outlives me.
Minulla on yksi rukous, jos tämä käsikirjoitus elää minua
pidempään.
I pray my executors put caution before audacity.
Rukoilen, että testamentin toimeenpanijani asettavat
varovaisuuden röyhkeyden edelle.
I pray this manuscript meets no other eyes.
Rukoilen, ettei tämä käsikirjoitus kohtaa muita silmiä.

***

**Found among the papers of the late Francis Wayland
Thurston, of Boston.**
Löytyi edesmenneen bostonilaisen Francis Wayland
Thurstonin papereiden joukosta.

www.ingramcontent.com/pod-product-compliance
Lightning Source LLC
Chambersburg PA
CBHW010440170726
48283CB00011B/3299